到不了的地方 就用食物吧！

Anywhere Somewhere Nowhere Passage to food

 寶島摩托車之旅

「不要一起去旅行了，取消吧！

　免得連朋友都做不成！」

我在香港的海底隧道寫了這則Message給C.K，簡訊後面還補了一個笑臉。

我不知道其他剛過35歲的男人怎麼想，

2004年的10月開始，對於未來我有一種真的不能再浪費的警覺，

甚至連友情都開始有一些淘汰，如今剩下的，

都是生死之交了。

「到哪裡了？現在！」

那一天，我在紐約飛回台北的商務艙裡被叫醒，準備吃一頓飛機餐。

望著窗外的星空，一種分不清時空的不安油然而生，突然有某種漂浮感。

我問自己，若今生到此為止，短暫的一生中，最難忘的旅行是哪裡？

小時候，全家第一次搭乘遊覽車去太魯閣旅行。那是70年代的遊覽車，整輛車發出的引擎聲就像現在飛機引擎的轟隆隆巨響，當時窗外是逼近黑夜的峽谷。

車外的峽谷在夜色中，所有的石頭紋路都像魔爪般恐怖異常，遊覽車好像隨時會被峽谷裡的陰氣吸到山下摔成粉碎。山上的冷空氣隨著夜色迅速逼近車內，最溫暖的是爸爸抱著我的手掌。

遊覽車突然停下，在陰冷的路上，全車的人都被招呼下車。我們下去喝著路邊老伯賣的金針湯。

滿滿一碗浮著鼓脹鮮黃的金針，酸甜的熱湯汁，立刻消除了體內的寒冷和暈車的恐懼。

我僵硬受驚的臉孔因為這碗金針湯而活絡起來。

我記得爸爸跟我說，高山金針特別甜。說這句話時，他好得意。

爸爸開心地又買了一碗給我跟弟弟，我們也跟著得意，感覺好像已經擁有整個太魯閣了！

望著眼前不知經緯度的星空，我想，童年的太魯閣之旅，因為那碗金針湯，變成我最難忘的旅行之一！正在想著，記住我姓氏的空服員，端來一份有透明感的白稀飯和鹹鴨蛋加肉鬆的早餐（還有麵筋、花瓜）。

我被這個味道振奮了，不知道是因為已經吃了十多天的漢堡和貝果，還是因為稀飯，我憶起某個深夜，拍片收工後，我與攝製組的同仁在復興南路稀飯街，因為壓力全部解除，大家狂吃關機飯並討論當天片場所有八卦的快樂。

擁有上個城市的食物味道，或是下個城市的食物期待，
給了我踏出下一步的動力和安全感。

我開始養成每到一個新城市就會到菜市場、超市及特產店，去買當地的香料、罐裝果汁，甚至餐具便當盒。然後在下一個城市的旅館房間，拿出上個城市買的咖啡粉、濾紙、濾杯來調整頭幾天早晨的時差。

今年，因為父親的病情，我決定取消每三個月出國工作的計畫。而留在台灣上山下海以及遠赴離島拍片，讓我發現了自己和成長的這塊土地有著過去未曾見面的驚喜。

我想起以前在學校即興表演課的台詞：「你只會往遠處看，好像把眼光放得很遠，但說實在的，你腳下半件事都做不好！」

想起這段台詞的下午，君豪來了一通電話。

「你聽到了嗎？你聽到這個聲音了沒有？」

什麼意思？打電話來，只為了要我聽一個聲音？

手機傳來一種沉穩低頻的聲響，我猜是引擎聲，不吵，規律而優雅。

君豪說，那是他一會兒會騎來見我的重型摩托車，傳說中的「直線加速之王」。

我這位事業成功的企業家朋友，有一台改裝跑車及三輛重型摩托車。

有人問他為何不多買幾輛跑車或休旅車而選擇重型摩托車，他說速度的感受要來自於風，風的速度要切在身上，切在皮衣及安全帽包裹的身體上！

君豪講這句話時的聲音和氣質並不如「直線加速之王」所發出的低頻優雅，反正他是我少數幾個很「台」的朋友之一！

我對「台客的浪漫」最招架不住。

台客的特質是原始，他們有一種事情絕對是自己親身經歷過的豪氣。

君豪每周一定要有三小時是脫掉西裝，換上皮衣去騎他三台重型摩托車。因為這種反差人格特質，讓他研究出很多山野海邊的行車路線，以及某種與大自然共存的吃喝玩樂法門。

後來，他更是經常翹班載我去烏來，而這所有行程全聽他安排，不許先過問！

我們的行程總是從一碗小羊肉開始。那碗小羊肉的湯汁口感，不撐不膩，絕對不會影響之後行車時的姿勢。
體會一段山路彎曲的速度感後，我們接著會去最靠近潭邊的行動咖啡館喝杯咖啡，咖啡喝到落日時分，才會再度殺進山林中，此刻低頻的車聲搭配蟬鳴，在天將暗下的瞬間，到達目的地，開始享受最天然的陰陽溫泉。
這樣一天的浪漫，油資不到三百元，卻享受到筆墨無法形容的無價。

為了我爸爸那碗「太魯閣的金針湯」，君豪說，是該出發了！
他說我們應該來一趟長途旅行了。

這讓我想起發給C.K的簡訊，以及旅行對友誼的考驗，但是我還是點頭，並且開始籌劃。

「台客的浪漫」加上「導演的採買」，還有「直線加速之王」，我不確定這會不會變成一次可以永續珍藏的旅行。

君豪說，他希望這次「直線加速之王」能跨海，到飛魚的故鄉「蘭嶼」去看看我多次提過的有翅膀的「飛魚」。

可能這場旅行對我們來說，會淘汰些什麼，我也真的想看看，剩下的是什麼？

Part I
阿里山

「當你越靠近上帝的時候，撒旦就會一直來找你。」

從台北出發到現在，已經騎了第五個小時，現在的位置總算到了
台18線公路，也就是所謂的阿里山公路，18這個數字，將在最後
一直出現通往玉山。這條台18線公路一旦上山後，不但彎路多，
霧也跟著濃起來。

我根本無法貼近面前的君豪，因為他的皮衣跟風一樣冷。

就在此刻，我想起某位好友的話：「當你越靠近上帝的時候，撒旦就會一直來找你。」

因為撒旦知道你就快要到上帝那國去了，所以他要用最後的招數，誘惑你回來。

撒旦會討好你、折磨你、對你的慾望及孤單還有虛榮，使盡最後的招數。

一個急彎後，一陣濃霧全部散去。

這裡是阿里山公路38K，我們被一陣火烤的香味留住。

在一個大圓形鍋爐上方放著巨大的圓盤，香味來自圓形烤盤上的香腸。每一根香腸至少有手掌那麼大，肥厚且發亮地在轉動著，還發出油滋滋的聲音。

這段旅程中，他是我第一個接觸的陌生人，我想老天一定有某種用意。但是這個男子實在太害羞了，他到現在都沒有抬頭正眼看過我跟君豪，只是很認真地烤著我們要的那兩根香腸。

直到他回答我的問題時，我才看清楚他的臉。

「這些木頭都是相思樹啦！**一定要用相思樹來烤香腸啦！**」

「相思樹？你說現在這些炭火都是相思樹？」

「對，因為相思樹的燃燒最完全，而且有一種特別的香味。」

連續兩部下山的汽車從公路旁劃過，我們的問答變得非常大聲，那種原住民的豪邁在此刻表現得極為明顯。

但車一走開，便沉默半晌。

再來兩部車吧！不然很尷尬耶！

我們終於咬下第一口香腸。

烤香腸有幾個重要口感，第一是外皮，要帶點焦，就像吃披薩的麵皮跟加在上面的起司一樣，都要有點焦。那種焦還要帶一點酥，卻又不能有苦味，這根香腸完全做到了，並且，還帶著木頭香味。

「這就是你說的相思樹的味道嗎？」

「嗯。」

這個「嗯」一完，老天，又是一陣沉默。

我仔細地看了一下鍋爐中的相思木，沒有兇猛的火光，但每根都脹得火紅，冷空氣裡明顯地就可以看到熔化的溫度往上流動。

順著這個流動的溫度，我看見他的微笑，覺得肯定在哪邊見過這個人。

君豪小聲地跟我說他覺得這人長得很像梁朝偉。

真的嗎，真的是因為他是原住民版的梁朝偉嗎？

在半推半就下，我拍了他的照片。

他叫做溫英輝。名片上面寫了一個「鄒」，我想是鄒族的意思。

這時候君豪又問了一句：「為什麼每根香腸都做這麼大，而且吃起來都不肥？」

温英輝語調害羞地説明每根香腸都是灌他養的放山豬肉，而且不加任何防腐劑和酒，就是要讓你吃到最新鮮的豬肉滋味。而用相思樹做柴火是因為它是一種「密度最緊實的樹」，所以燃燒完全又帶有香氣。這是鄒族的傳統做法，而且香腸越烤越久越香，肥油也會越烤越少，在油脂滴落的過程中，讓香腸表層產生了有點油又不會太油的酥脆感。

我想買些生香腸帶回家，作為這趟旅行的第一個食材，可是卻被温英輝拒絕了。
「因為沒加防腐劑啦，而且，你們又要很多天才會回去，這個香腸要就要這兩天吃完！」
「那你怎麼可能賺大錢？」我一不小心飛出這句話。心想慘了，我真是庸俗啊！

温英輝説話時帶著笑容，我想他是絕對的敏感，不是因為他笑得開心，是他注意到我的表情帶著歉疚，他還説了下面的話：
「其實，能把每天的工作都做完，就是最好的啦！這個很重要！真的，要能把每天該做的都做完。」
那我今天的工作是什麼呢？我們要趕到阿里山賓館才算完成今天的旅程。今天幾乎全部的時間都花在交通上，香腸是我們這趟旅程中第一口寶貴的食物，而三分鐘後我們必須上路，因為温英輝説很快又要起大霧了。
他説等我們要回去的時候再回來這裡，他會讓我們把香腸帶回去的！他説做生意，良心很重要。
當車騎入越來越厚的霧裡，濃霧遮住我的視線，我只能看到君豪的安全帽。君豪突地打開安全帽很大聲地問我：「相思樹是不是就是那個『紅豆生南國，春來發幾枝』有相思豆的相思樹啊？」
我大聲回答：「沒錯。」
但我心裡浮現的是剛才烤香腸的鍋爐上寫的字「一口悶，感情深」。

「直線加速之王」總算在七點零七分
熄火在檜木森林中。

我們把車停在日據時代只有皇族能入住的「阿里山賓館」〈註一〉門口。
本世紀的「阿里山賓館」已有一個新入口，大理石地磚配上原木牆壁，入口
還有魚池，是最流行的「極簡」。
但接待大廳呢？

一盆鮮紅的花放在一張明式的桌子上，卻不見半個人影。

現在距離我們「check in」的時間已經超過七個多小時了。
大理石走廊通往一部老式電梯，它很明顯地告訴我們，這是
唯一的路。
「你會不會覺得我們走錯了？」君豪問了我一句。
「門要關了。」我們確定一個女人的聲音從背後傳來，我跟
君豪回頭一看，卻沒半個人影，只有遠處魚池的流水聲，以
及我們按住電梯時，皮衣彼此碰撞的回音。
「門要關了。門要關了。」
原來是老式電梯的聲音，連錄音都跟都市裡的不同，我們太習慣聽的是年輕
女子輕聲催促「電梯門要關了」，而這裡的聲音聽起來完全是上了年紀的婦
女。女子的聲音跟大理石走廊發出共振，宛若人在現場。
電梯帶我們向上，門再開時，鮮紅的地毯配上咖啡色木條貼成的牆壁，所有
日本皇族加上國民黨時期流行的軍人美學，立刻映入眼簾。這台電梯像座時

光隧道，載我們回到1960年代的時
尚賓館。電梯門出口左轉到底，便是
老而彌新的櫃檯。日據時期建築的大
廳，完整重現，我回頭望向起霧的門
外，傳說中那株日據時期留下來的櫻
花樹，若隱若現挺立在自動門後。

「4:20是明天一早出發坐車去看日出的時間，需要 morning call 嗎？」

「需要！」我跟君豪齊聲回答。

「這是您的早餐券，若您需要晚餐的話，往有水晶燈的那個樓梯，那邊有我們的餐廳。您的右手邊是50年代的咖啡廳，等一下八點的時候，有介紹阿里山的影片欣賞。您的房間照李先生的要求，是我們維持不變的老房間，希望您會喜歡。」

「補充一句，李先生您早餐預定的位置，我們幫您安排在一桌能看『塔山』〈註二〉的位置，希望您喜歡！」

君豪興奮地看了我一眼。

我們很快地來到房間內，坐在彈性依舊的紅色老沙發上，面對著一張「阿里山神木」照片。我們的皮衣仍然帶著寒氣，但是房內的暖氣已經讓我穿起短褲泡著剛在便利商店買的泡麵。

　　我想今晚或許會興奮得睡不著，我已經在計畫了，一早先去森林裡聽「慈雲寺」〈註三〉的**第**
一響鐘聲，然後騎著「**直線加速之王**」上山頂看日出。

我有點後悔剛剛在50年代咖啡廳看了
阿里山的影片。

我真的不知道，阿里山的神木已經倒了。

阿里山神木是很多人從小的回憶，雖然我只看過三次。第一次是小時候阿里山太魯閣之旅跟爸爸一起看的，一邊坐著森林小火車，一邊在我跟弟弟東問西問之下，爸爸講了幾乎一整座山的故事。

後面兩次就是跟著同學及工作的同事同遊，來的時候我把小時候聽到的故事告訴朋友，乘機炫耀我的爸爸什麼都知道。

卻沒想到，這棵神木居然在1998年就倒了〈註一〉，那年我在上海工作，完全不知道這個消息。六年多後，重返阿里山的第一個晚上，完全沒有心理準備，就看到這部把神木放倒的紀錄片。

旁白冷靜地說著，這是**讓神木回歸自然的方式。許多民眾在神木放倒後立即搜尋碎片、木屑帶回家做永遠的紀念**；負責伐木的工作人員，手拿紅檜及牛樟的樹苗，立即種在神木根部中空的地方，他們表示，這代表著神木生命的延續，這是從前伐木留下的傳統，除了讓這些樹苗再負起維護水土的責任，對他們而言也是心靈上的一個期待。

已經三千年樹齡的神木，有多少個年代人的回憶？多少人次的抬頭仰望？多少張照片的合影？

君豪或許想轉移我的情緒，邊喝著50年代咖啡館裡的現煮咖啡，邊問我：「你覺不覺得，在38K那裡吃的香腸真好吃？」

我也真的一直在想那個「相思炭火香腸」。這香腸的第二種口感，就是食後不會有油膩感，還會唇齒留香。甚至我們吃完一碗泡麵跟一杯現煮咖啡後的兩小時，都還會懷念口中香腸的肉汁。

難道真的是因為相思樹的魔力，讓我們中了「此物最相思」的咒語。

如果明天一早要看日出的話，現在是不可能回到38K去買香腸，而且明天我們還想去找傳說中的「山葵」〈註二〉。

距離日出只剩下最後七個小時。

我們在凌晨四點的森林裡，與慈雲寺的比丘尼道了聲早
安。10分鐘後，我們在零下3度的台18線，直奔山頂。

阿里山總在日出時刻的驚嘆聲中醒來。今天看不到太陽，但是雲海那頭的玉山應該看得到我們吧！

我們跟旅行團的遊覽車看到這棵夫妻樹，導遊說是森林大火中喪生夫妻安葬的泥土孕育出來的夫妻樹，但夫妻樹的解說牌，卻是另一種說法。似乎大家比較喜歡導遊的故事。

夫妻樹是火燒森林的見證。1963年森林大火後，這兩棵紅檜枯木因而生機不再，戚然枯立於此，形同夫妻相偎相依，至死不渝。佇立於此彷彿可以感受到夫妻樹在埋怨人類的疏失，未盡保護之責，對人為造成的災害有提醒作用。

註一：

1998年6月29日中午12時53分，阿里山神木劃下它的「樹生」句點。自從1956年神木遭雷擊死亡後，它苟延殘喘了四十餘年。1997年7月1日，風雨中三分之一的神木伏倒在鐵路上，由於神木的根部早已碳化，不具抓力，剩餘部分隨時會倒塌，為遊免發生事故，林務局立即召開「阿里山神木研商處理會議」，並且做了三次大規模的民意調查，原本多數人贊同將神木截成一邊高十公尺，另一邊靠近鐵軌高六公尺，但後來因安全考量作罷。1998年農委會於5月22日邀請專家學者及正反意見團體研商，依決議在6月6日由土木專家現場會勘決定回歸自然，以放倒的方式處理。（參考1998年6月30日《台灣日報》第五版）

註二：

    山葵別稱芥茉、瓦沙米；具有特殊香氣及辣味。山葵生育地在疏林下的半遮蔭區，必須有清潔乾淨的水源，始能培育生長。阿里山地區生產的山葵，是台灣品質最好的山葵，其特殊香味及辛辣味的來源為芥子油，可促進食慾、幫助消化、協助腸內維他命Ｃ的安定；有極強的殺菌力，可殺死霍亂菌、防止食物中毒、抵抗食物長黴。

    日本人自西元1914年引進山葵栽培於阿里山，並大量運至日本銷售。

山下的人來看阿里山，
但是阿里山的人看的是塔山。

招呼我們的是阿里山賓館的協理傅中興先生，我一看就猜他跟我爸一樣，有軍人血統，因為應對間有一股挺拔及誠實的氣質。

傅大哥是台北人，50歲那年決定到阿里山賓館任職。三年來，他的軍人美學，讓原本蔣經國時期的儉約美感延續在館內，整齊、清潔、簡單、樸素、迅速、確實，簡約高雅的風格蔓延在賓館每個角落。

他說**塔山是鄒族的「聖山」**，塔山高 2000 公尺以上。

軍人美學延續在早餐之中。
當過兵的男生對白稀飯跟饅頭及麵筋的搭配，再熟悉不過了。

一碗好的白稀飯，吃它的時間很重要。

若是早餐的白稀飯，重點在它的湯頭，要喝起來帶有白米香，又不能過分黏稠，免得早晨的腸道感覺不適，因此必須在白米變軟的同時，盡速把清水倒入，導入時的攪拌時間，會影響每顆米粒的溫度。

阿里山賓館的這碗白稀飯，得天獨厚用阿里山的山泉熬煮，讓稀飯的汁不但有稻米香，更多了一些甘甜。

在蔣經國時代的部隊裡，官兵吃的都是稀飯饅頭，廚房伙夫的表現就只有在細緻度上被考驗著。

或許就是這種軍隊早餐，我望著餐廳內的客人，果然真的有些中年男人，細細喝粥時，只坐三分之一的椅子。

聽說，門口的吉野櫻，也是讓一些日本老客人每年必定回來的原因。

「三月再來吧！可以看到許多白色的吉野櫻。」

我想我們或許不該在冬天來阿里山，應該在三月再來看一場櫻花。但說真的，我們其實單純只是為了「山葵」而來。

「中午回來，我們這裡有山葵豆腐，現磨的山葵。」傅協理回答了我的問題。我很期待中午的那盤豆腐，但傅協理建議我們趕快去森林走走，因為**八點的陽光**，在森林裡會有讓人意想不到的美。

Part I
阿里山
I-5

簡直冰火交融！我跟君豪吃了一口「山葵豆腐」，
兩張臉迅速脹紅。

新鮮的山葵口感綿密，完全沒有辛辣感，卻帶來從舌頭中央的溫
熱蔓延，蔓延的迅速程度立刻衝到鼻尖，鼻尖像是身體的一個
關鍵按鈕，一旦按下，馬上渾身都熱起來。而口中那塊人工老
豆腐，因為從豆腐店買來後，就一直用透涼的山泉水循環浸泡，
豆腐自始至終都能保持它透涼的溫度。小小的一口山葵豆腐，再

搭配來自日本的昆布汁，百般的滋味完全由你的牙齒與舌頭互動的速度來決定它的豐富。

傅協理說森林裡有賣新鮮的山葵，我跟君豪馬上趕到了山葵田的農家。老闆娘拿出一排山葵給我，同時還讓我試試現磨山葵配上小米麻薯一口吞下。

新鮮的山葵用微濕的報紙裹上，便可保鮮十小時帶回家中。

我們打包了三根，並確定山葵的農家有「宅急便」的服務後，決定趕快接下來要去埔里的旅程。

但卻還是一心牽掛著想打包帶走的「相思炭火香腸」。

Part 2
信義鄉

「**你真的睡著了！**」君豪停下車來跟我說。

「前面的路很陡，你再這樣睡，我恐怕你會摔下去。」

前面？

我完全不敢想像，即將出現在我們面前的，是怎樣的一個地方。
這。就。是。我們要去「埔里」的路嗎？
我看了一下前面，前面將會是碎石滿佈的路。
望向斜對角三十度的遠方，已經有一條路，完全像被折掉一半，
斷落到山谷裡。數周前的颱風，讓更多山路都坍了。
很明顯地可以看到山坡上卡住幾個大石頭。

我連聲音都不敢放大，我猜想這些石
頭隨時都有可能因為小小的震動而落
下。
「還好，還是有條路可走！」從前面
一台推土機停在路邊的狀況看來，這
幾天，應該是開始鋪路工程了。
我掏出手機看，現在一定還在海拔很
高的地方，一個訊號都沒有，看來要
到山下可能還要一陣子。
君豪從我的背包裡翻出台灣地圖。
這是我第一次認真在地圖上看著未來
的旅程。我們的旅程將橫跨台灣三個
山脈：阿里山山脈、玉山山脈、中央
山脈。

出發到現在，我第一次意識到這趟旅程的壯觀，並且第一次懷疑在未來的旅程中只靠一台重型摩托車完成旅行計畫的可能與安全性。

我們是兩個年過三十歲的男人，我比君豪大四歲，有保護他的義務。若在從前，一定會為了當前的絕景，感到冒險的興奮與快感，但現在我的心裡卻告訴自己可能要稍為盤算了。

要回頭嗎？
我在心裡問自己。

「不能回頭了！」不待我說，君豪突然冒出這句話。
「為什麼？」
「回頭還沒到阿里山就天黑了，天黑了在山路上更危險。」
我深吸了一口氣，三百六十度狠狠地望著周遭。陽光已經躲在雲後，不過是下午三點，冷清到連鳥叫都沒有，因為連樹都坍了，怎麼還會有鳥。

「不睡了！」
若真的再打瞌睡，我一定會被甩到山下，並且不用落地就又可以帶著山坡上的碎石一起粉身碎骨。

幸好油箱的油還夠。

「前面有花！」

我這麼大的聲音卻沒有回音從山谷傳回來。

君豪停下「**直線加速之王**」，我們走到這團花前面。沒有一朵花看著我們，都看著太陽的方向，這些花的模樣像極了菊花，卻又有向日葵的動作。每一株都有一百多公分高。

「前面有花，應該到了比較文明的地方！」我估量著。

「如果前面出現7-11，我想就更文明了。」我又補了一句。

我們看著花看的方向，太陽又出來了一下。

車子騎在碎石路上，並沒有想像中顛簸，或許因為輪胎及座椅的厚實，兩人反倒像在跳一種日本的「鬼踏舞」，上上下下，呼吸一致。

以前那些探險家及墾荒者，是如何判斷而去開拓這些路？又如何在開拓這些路時，估計前方的路是否早已被人開墾或佔據？因為極有可能前方出現的不是人，而是一頭大黑熊，更或是跑出一頭羚羊。

但我相信現在花開的地方，一定是土石流還沒淹沒的地方，一定是一個即將有人煙的地方。

果然，面前一個轉彎，開始有了柏油路面。

幻想著今天晚上將要到「埔里」好好吃一盤米粉，喝一杯埔里紹興酒，加上我現在開始有了點獵人識路的能力，馬上勇敢起來！

我回頭找到一個制高點拍下「**直線加速之王**」跟君豪的合照，還有那朵不知名的巨大向日葵加上菊花造型的花。我想，是這朵花讓我們有絕處逢生的感覺。

等下碰到第一個路人，我一定要問問這朵花的名字。

「這朵花叫做王爺葵，學名是五爪金英，

盛開在平地到海拔1000公尺的山區。」我們一起喝了一口「長老說話」。

招待我們的是信義鄉農會酒莊的副廠長辜昭傑。

什麼是長老說話？

「長老說話」是信義鄉農會酒莊自己研發釀造的小米酒，為什麼叫做「長
老說話」，是因為原住民村落當中，每次聚會時，只要有人說：「長老說
話！」大家就會迅速安靜下來，聽長老慢慢地吐出一個字、一個句子。慢慢
且靜靜地聆聽，就會聽懂一些道理。

而這個名字跟酒瓶上的長老，都是由辜昭傑設計。

為什麼會認識辜昭傑？

我跟君豪是在一片斷橋頹山石礫遍野的視覺衝擊後，突地看到一棟棟紅磚瓦
的房子，房子前面還有一個個卡通人物，立刻停下車來。就這樣認識了辜昭
傑。辜昭傑長得跟那些卡通人物很像，因為都是他設計的！

「這個花還有一種傳說！」辜昭傑果然被「長老說話」附身了，他的節奏在
「傳說」這兩個字上面有點慢。

「它有一些療效，整株花，有那種，那種清熱解毒的功效，可以消腫止痛。
那你們來幹麼？」

話題轉這麼快。

我可以説我們來買菜嗎？我心裡正在想著。

「我們來買菜！」君豪説時遲那時快。

「買菜！買到什麼菜？」

「買到山葵、很大的香腸……」我沒等君豪説完已經大笑出來了，這麼單純的人怎麼會成為一個日進萬金的企業家。

然後眼前的辜昭傑好像對任何事情都很有興趣的樣子。

「他是一個導演！」君豪指著我説：「一天到晚跑北京跟台北的導演！」

辜昭傑説：「導演？我以前也是做廣告的耶！」

我們現在躺在一個小木屋裡，有點微醺，因爲「長老説話」的緣故。

我們淪陷在信義鄉了，埔里距離我們至少還有兩小時的車程，因爲這中間還要跨過一個日月潭。據説晚上那條跨過日月潭的路常會有霧，能見度只能見到在地面上反光的貓眼。

現在這個木屋的海拔高度也逼近980，夠冷也夠靜。屋內沒有暖氣，屋外除了星光及躲在雲後的月光可以讓我們感受到對面有些山型，但是山跟我們中間是什麼全都看不到，更不用説小木屋的後面是什麼。

「剛剛路上右邊應該是土石流的峽谷！」君豪跟我這樣平躺在床上一起説著。

浴室裡的温泉水稀哩嘩啦地放著，蒸氣像雲一樣爬上天花板。

「不去了吧？」我説。

「嗯！」這一聲感覺是從整個身體的共鳴發出來的，接著我們兩人居然同一時刻説出：

「你先洗。」

我懷疑我們真的那麼有默契嗎？我有點想挑戰我們的默契！

「這樣好了，我問你，你先回答我，答案是 1 還是 2？」

「什麼什麼答案 1 跟 2？」

「就是我們剛剛説 不去，我現在把他分為 1 跟 2。」君豪點了個頭表示聽懂。

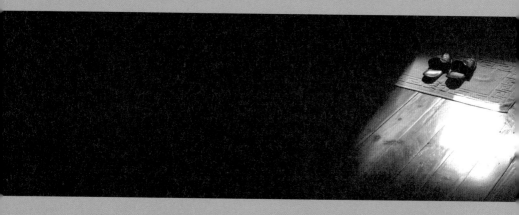

「請問你，我們所謂的不去，是不去 1 還是不去 2，我看你跟我想得一不一樣？」

「嗯！1 吧！」

1. 埔里 —— 好水的故鄉
2. 信義鄉 —— 眼前這個土石流的故鄉

「我們不去 1，留在 2！」

「你幹麼不說話，ㄟ，是我猜錯囉！」君豪坐了起來，居然這麼冷他還可以不穿衣服。
「你猜對了！」
他馬上狂笑，並且誇讚自己識人能力頗強，因為他說他曾經碰過兩千多個身體。
「你少噁心了！」
「真的！我以前是游泳教練！」
「穿紅色游泳褲的那種喔！」
「阿你怎麼知道？」
「阿不都是這樣！」
不能跟台客對話很快，不然很容易自己也會「阿」來「阿」去的或「ㄟ」來「ㄟ」去的口音。
「ㄟ，講起來卡歹謝啦——」（翻譯給普通話的朋友，這句話的意思是：嗯～～咱們說句不太好意思的話。）
「你要是做這個教練你就會知道，要把游泳教好，真的不是說要教他什麼姿勢。我第一堂課呢，就是陪他聊天。」

我實在忍不住想笑。

「ㄟ！你不要想歪喔！」

現在可以感覺到即將會有一個很大的重點要公諸於世，我對這個快要說出的重點感受到一種無比的期待！

君豪問我：「一個人，為什麼，不會游泳？」

我仍然在傻笑，沒法回答。

「因為他怕水！如果你一直處在害怕的情況下，是沒有辦法學會游泳的！所以，當我跟他聊天，越聊越開心時，他就慢慢地認為在水裡是理所當然，當你在水裡感覺理所當然時，什麼姿勢都會學，都會做得來！我可是當年的紅牌教練，我跟你說，我的學生，每個都學得會！而且不是只教女生喔！老的也有喔！」

「所以這跟我們留在信義鄉有什麼關係？」

「嗯！我想有點關係！」

我看著他，然後才三秒，他就說：

「我想你會因為副廠長跟你說他為什麼會從都市回來信義鄉工作的原因，讓你對這個地方很有安全感。你會很想去他說的那個原住民村落，去感受一下他說的平安夜那個什麼報佳音的活動，因為他說整座山會因為很多原住民手上拿著火把，而讓整座山在晚上看起來很亮，而像一條什麼龍似的，像龍一樣爬到山頂。還有你會想去他說的神木村，昨天晚上，在阿里山賓館，你看到阿里山神木已經倒下的紀錄片，我有看到你好像蠻難過的。所以，你現在知道還有一個叫神木村的地方，甚至還有一棵神木，你一定會想去。還有你知道了信義鄉有最新鮮的葡萄跟那個日本跟我們進口最多的梅子，讓你覺得一定會有一件什麼事會發生在這邊啦。」

沒等他說完，我的天，你猜怎麼樣？淹水了，浴室淹水了，我們放的溫泉水滿出來，什麼識不識水性的驕傲理論，害我們被水懲罰了！

誰去洗澡？當然是他！他最不怕水！

現在整個房間的天花板都是如雲層一般的水蒸氣跟他喊燙得要命的叫聲。

「每天第一杯水一定要是溫水！」

君豪把水杯放在門口的欄杆上，我則剛捕捉完這裡的陽光。

我們都一樣，每天早上都先以一杯溫水讓自己醒來，而不是咖啡。我們都很愛咖啡，而且喝的量很大，就因如此，每天喝第一杯咖啡前先喝溫水暖身就格外重要。

我在出差時，每天早晨，在飯店的房間裡，會先把咖啡粉用濾紙在杯中過濾好，用咖啡的香氣讓自己的精神先醒來。然後把溫水準備妥，請服務生送兩片檸檬，用這杯溫水加上檸檬，讓身體醒過來。

溫水加檸檬，是我跟北京一個學瑜珈的朋友學來的，他說那是印度人的傳統喝法。檸檬對印度人來說是國寶，一杯熱檸檬汁可以治百病。是否真能治百病我是不清楚，但檸檬的酸度對整個腸道是很有清潔作用，尤其在出差或拍片的時候。

我在香港拍片時也發現香港人早上愛喝杯「熱檸茶」，我想也有異曲同工之妙。

但我更期待到了花蓮跟台東後，馬上去買傳說中的「洛神蜜」。光聽「洛神」這個名字，就讓我想起曹植的〈洛神賦〉：

徙倚徬徨，神光合離，乍陽乍陰，竦輕軀以鶴立，若將飛而未翔。
踐椒塗之郁烈，步蘅薄而流芳。

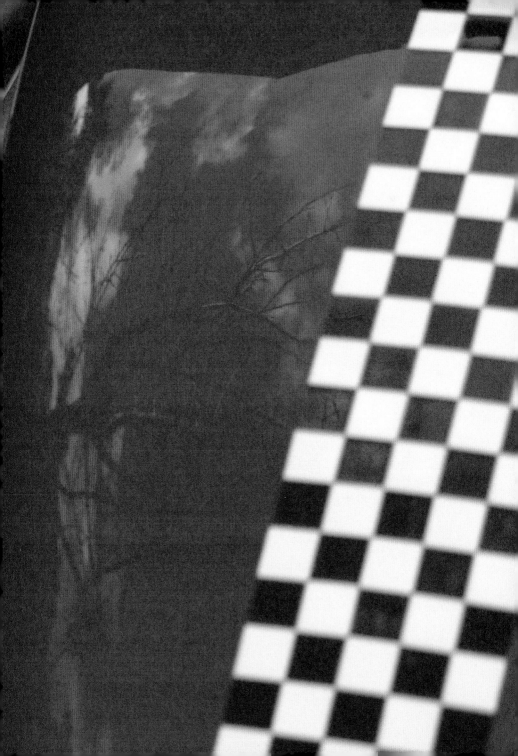

雖然洛神花不是因為曹植的〈洛神賦〉而來。聽說「洛神花」來自印度，且是雄性花種，花萼肥厚，榨出的汁液在陽光下呈現唇紅，酸中帶甜，有人說它的酸甜汁液能清腸整胃，具有降低血壓的療效。

若真能在晨光下，飲一杯唇紅色的水，是不是那天就會遇見像讓曹植情牽的美女，終結我的單身生活！

我還在品嚐這杯溫水的同時，君豪已經去整理他 260 公斤重的「*直線加速之王*」了。

我記錄接下來要注意的事：

1. 神木村。一定要拍到神木，不怕任何的危險。（聽說那是土石流的發源地，並且更多路都坍了）

2. 參觀昨晚傳說中，可連皮都一起吃，然後汁會在口中滿出來的巨峰葡萄園。

3. 參觀昨晚傳說中，讓日本人購買大量梅子的原產地 —— 風櫃斗梅園。

4. 參觀昨晚傳說中，厚皮嫩肉的「牛」蕃茄。

5. 感受昨晚傳說中，讓副廠長辜昭傑回來信義鄉工作的關鍵 —— 原住民平安夜徹夜報佳音的活動。

6.「可能」跟誰學一道山中的料理？

7. 請注意時間：因為君豪要在五天後去上海出差，而我們騎「直線加速之王」回台北要五小時，那一天最好能在日落前離開。

PS. 現在這裡是哪裡？

是誰蓋的小木屋一定要弄清楚，他為什麼要蓋？為什麼蓋得這麼美？有沒有參考過什麼日本的小木屋或是參考過哪個國家的？

還沒等我開口問上面的問題，君豪已經跟一位正在掃滿地落花的人聊起天來。

那人吸引我的注意，不是他掃滿地落花如林黛玉般的浪漫，而是居然一大早就可以把頭髮吹得高高，並且服貼有型，並且遠遠就可以聽到他跟君豪那個「ㄟ」來「ㄟ」去的標準台客口音。

那個人叫「王真和」，我們住的這家民宿就叫「真和園」——「真和」開的小木屋加「尚」天然「東埔溫泉」的花園。

「不是啦！ㄟ，取名字不是那麼簡單耶！溫爸給我這個名是有道理的，你說，別人問說東埔的溫泉哪家『尚』好，你說真『和』的，聽起來跟真『好』的不是同款！現在這個世代都嘛要靠自己，用自己的，不要求別人最勞靠。」

這是王真和的真『好』理論！

王真和很愛開車，所以第一份工作就是幫人開大車，「台」式的說法是「跑」車啦！「跑」了很多地方之後，他說很奇怪，就是想回家了！所以回來東埔買了這塊地。

至於這些小木屋請誰設計，王真和說他自己，他自己找工人一起蓋的。我跟君豪說很像日本人設計的，他一直問說真的嗎？真的嗎？

「ㄟ，我只有一個概念啦！就是，我希望來這邊有原始的那種家的感覺，有那種一年四季來，都嘛可以看到花的感覺。」

一年四季來都可以看到花的感覺。

這是我第一次聽到這麼一句浪漫的台詞，是從一個頭髮吹高高的中年男子口中說出來！

所以，現在我們可以看到梅花，接著就有了杜鵑，然後開了櫻花，櫻花謝了有桃花，桃花舞春風的時候玫瑰也在，九重葛什麼時候都會有。

「那秋天咧？」換我問話了！

「啊！秋天、秋天、秋天看樹啦！啊現在地球越來越熱，花有時都沒辦法給它說開得很準！今年開的時間都給它很怪！」

我看著早開的櫻花，以及半開不開的梅花，現在的大自然，好像也跟人類的進步挑戰，看誰搞得定誰？

「最重要的是，要去泡那個露天溫泉！皮膚會給它很好！」

那當然！我跟君豪對望了一眼！

「但要給我穿褲子喔」！我這邊沒給它分男湯女湯！」

Part 2
信義鄉
2-6

「穿褲子泡溫泉眞的給它很驢!」

我們倆一邊騎著「直線加速之王」,一邊計畫在晚上偷偷地給它裸泳。而且海拔980以上的「碳酸溫泉」,又在滿園是花的冬夜,怎麼可以不趁四下無人時,全身而「褪」!

我們把車騎出「真和園」,昨晚看不到的景色,今天全部真相大白,果然是土石流的石礫河川,以及坍了樹木的荒山。我們才在想今天第一道早餐該吃什麼的時候,一陣蒸籠蒸肉包的香味就出現了。

店裡迎面而來的婆婆說我們想點的「梅汁小籠包」已經賣完了!

「才九點就賣完囉!生意怎麼這麼好?」君豪問的同時,我的「早上筆記」馬上提醒我**想要找人教我一道料理**的念頭。

到底什麼是「梅汁小籠包」?為什麼這麼快就賣完了?那剛才聞到麵粉跟鮮肉及木頭蒸籠混合發出的香味,又是從哪裡來的呢?

還沒等我發問,君豪跟婆婆拿了叫人驚艷的食物 —— 我真的沒看過那麼大的包子,而且這包子的外皮非常有彈性,包子還帶著些發亮橘紅色的點點。

「梅汁小籠包現在沒做了，因為我女兒這幾天沒空，這包子是我兒子做的！」婆婆還沒説完，我們已經一口咬下包子。包子裡的温熱餡汁立刻從嘴邊溢出，很明顯是因為裡頭摻著高麗菜，而有一股汁多甜味。

這裡的高麗菜因位於玉山山脈，海拔很高、早晚温差大，又沒有一般高山地形產生的焚風，加上温度、溼度都更有利於高山蔬菜生長，使得這裡所有的蔬菜比平地的體型大，而且脆甜。

我很快地吸了一口温米漿緩和口中的甜汁，沒想到連米漿都細滑爽口。君豪還在説明我們的來意，婆婆做包子的兒子剛洗完澡出現在我們面前。

他很大塊，跟他的包子一樣。

他立刻拿了一張名片，上面有**兩個名字**。

「這是夫妻樹的照片，我們昨天早上在這邊也拍過照！」君豪指著這張寫著「群歡早點小吃部」的名片説著：「那你叫古朝陽嗎？」

「古朝陽是我爸，他過世了，但我不想把他的名字拿掉，這樣就可以感覺他一直還在。我是下面的那個名字 —— 古信發。」

古信發説話的聲調蠻高，有時會有點喘。他好像很能預測別人下句話想問的問題及表情，所以不用我們接話，他的話題就又轉到我們想要知道的內容。他是個非常適合去主持廣播電台節目的人，聽了不怕你無聊，又內容豐富。

古媽媽笑了一下，説兒子很孝順，就是遺傳到她的缺點，太胖了。但眉毛遺傳到爸爸的，很重感情。

我看著這張自己昨天早上才拍過的「夫妻樹」的名片，想著古信發説這樣爸爸就一直還在的那句話！我突然有點難過 —— 我想到我爸了！我想到我還沒買到童年時跟爸爸在太魯閣那邊喝的「金針湯」，會不會那年賣「金針湯」的小攤，現在已經不在了？而我卻因為好奇留在信義鄉？

君豪意識到我的變化，馬上提起一個我有興趣的話題。

「可以告訴我們這個包子的特色嗎？」

「所有包子的皮都是用
  紅蘿蔔汁揉出來的!」

我跟君豪此刻都看著古信發的那雙手,手
掌非常厚實,手指卻極為纖細。

「為什麼?你知道嗎!」瞧,我先前是不
是說過,不用發問,古信發可以猜到你後
面想問什麼。

「這要感謝我兒子,因為我兒子不愛吃青
菜,尤其不愛吃紅蘿蔔,我偷偷把紅蘿蔔
放進包子裡,他們就在這個時候把很多的
紅蘿蔔吃下去了!」

沒錯!
我爸以前也是這樣對我,把他想逼我吃的東西變成另外一個樣子,然後混到我最愛吃的食
物裡,這個詭計通常一成功,就會成為獨門秘方!

古信發停了一下沒說話,我看一看君豪,君豪馬上說:「真的沒錯!」我立刻大笑,因為
我發現跟古信發講話的一個重點邏輯,他話停下來的時候就是重點,就是他最希望對方回
應的重點,這個也跟我爸很像。

我拿出筆記本記下在信義鄉學到的第一道菜:

苦口婆心爸爸的大包子

材料:後腿肉或里脊肉一斤
做法:
1. 將肉「切成」肉絲……

「等一下,你說什麼?我們吃的包子是肉絲,不是用絞肉?」
我驚訝地打斷。

「沒錯！我想用最新鮮的肉、最好的肉，後腿肉跟里脊肉都是筋最少的肉了，而且我就是不想太多肥肉在我的包子裡，我不切成肉絲太浪費了！我都用手切，每天切10斤，每天只做200個。」古信發對於自己的秘方一點也不小氣，連講話的速度都配合我記筆記的速度。
「然後我用我們高山上的高麗菜，甜度又很夠，它那個汁多又脆。你知道嗎？這種新鮮的肉，只要調上鹽巴，一些胡椒啦，再放上我熬的老薑汁，ㄟ，就這樣醃一個晚上，放在冷凍庫中喔，你猜它會如何……會縮小！會縮小就會很好包！」

這種冷凍法，小時候我跟我爸一起做「紅燒獅子頭」的時候，他也教過我。
他說冷凍可讓這些不同食材的水分都聚在一起，而在解凍融化的時候，就不是分開溶化，是一起融化。
「一起融化」，這個道理我真正明白，並且深刻經歷不是在食物上，而是我初戀時，被也是初戀的對方說：「我要跟你分手。」
其實初戀的人哪懂什麼叫做分手？
初戀的定義就是根本沒戀愛過。
「分手」對初戀的人來說是用來折磨「冷戰」對方的，是更想要對方跟我「好好地在一起」。當那段冷戰一過去又復合時，兩人反而更甜蜜。
雖然這個例子很小情小意，應該用「不經一番寒徹骨，焉得梅花撲鼻香」來解釋「一起融化」，或許還更大氣些。
現在經歷過幾次愛情，就了解「分手」就是──分就分了，就不聯絡了。冷都不會冷你一下，更有的是還熱起來沒多久，發現彼此一不對，就分了，快又實際。

不過，包子就包子嘛！要過癮，大口吃就是了！

苦口婆心爸爸的大包子

材料： 後腿肉或里脊肉切成肉絲 1斤　　　調味料：鹽　　少許
　　　　高麗菜　1顆　切成絲　　　　　　　　　　黑胡椒　少許
　　　　紅蘿蔔　1根　打成汁　　　　　　　　　　老薑
　　　　麵粉

做法：
1. 先將老薑去皮以果菜機打成汁，備用。
2. 高麗菜洗淨切絲，勿切太細，以免甜度流失。
3. 肉切成絲之後，將鹽及胡椒與1及2混入用杓子攪拌，醃放於冰箱當中。
4. 以紅蘿蔔汁和麵，再將餡包入，蒸熟即可。

「如果你們不騎摩托車會比較安全！」

有人跟我們說了這句話，我把剛喝完的湯放在桌上。

跟我們說話的人叫黎皓，他是信義鄉農會的專員，是副廠長辜昭傑派來的。辜昭傑還特別在電話裡告訴我這個叫做黎皓的人特別怪，但非常有意思。他叫我一定要挖他的秘密，尤其是黎皓正在栽培的一種香菇。

但是，不能騎君豪的「直線加速之王」出發的這句話，讓君豪的表情似乎不是很好看。

「我是真的這樣跟你們說啦！這條去神木村〈註一〉的路，很多地方都坍掉了，你騎摩托車顛到那邊，會對車好嗎？而且我把車都開來了！」

我猜君豪不忍心掃黎皓的興，乾脆接受了換車的建議。出發時，君豪一直看著前面，一種「吃了秤坨鐵了心」的表情。

沒多久，君豪要求停車。他下車，三罐「台啤」在他手上跟著一起上車，我們三人從此無話不談。

當然黎皓接著也就說出他種香菇的故事。

他在用木頭種香菇，也就是最古法煉鋼的栽種方式──「斷木香菇」。

黎皓提醒我看剛路過的一座小廟，他說那廟是為了剛挖出來的一些罹難者而建的，挖了三個多月，大家不死心，還是挖到了！

「前兩個月我還想說，就別再挖了，就算挖出來，將來辦喪事要再埋也不會像現在埋的那麼深。」黎皓的邏輯果然特別，我還是想把話題轉到他的「斷木香菇」上。

「是不是因為土石流讓樹木都一起坍了，所以你乾脆用坍的樹木來種香菇，這樣可以讓一些東西起死回生！讓這些木頭再造一些價值？」

「呵呵呵！哈哈哈哈！」我老天，黎皓笑的這三聲好比京劇裡飾演判官的老生，笑聲裡好像埋藏著比土石流壓下去還要深的東西。

「我不知是大笑，還是恥笑，只能言不由衷地笑！」黎皓這一說完，我也笑了！我也是糊塗了，土石流把坍倒的樹木一起帶走了，怎麼可能有樹留下來，然後還撿來種香菇？就算有留下來的，也都成為漂流木了。

「哇！那現在木頭都那麼少了，你還用木頭來種香菇，你很有錢囉！」君豪反過來質問他！

「想要賺錢就要用太空包來種，能規格化，也可以量化。」

「說吧！試著說出來會好一點。」我突然換一個低沉的語氣，插這麼一句話，並把一隻手搭在黎皓的肩上。

我判斷這個人肯定想說什麼，而且一定有很多心裡的話想說，所以總是想做些不一樣的事情或是用誇張的語詞吸引人注意。這種人不是不想擁抱你，而是一旦擁抱你之後，會把你抱得很緊。

「真的，試著說出來會好一點。」我再重複了一次。

到神木村的路果然顛簸，我的頭已經跟車頂撞了好幾次，現在等黎皓說出什麼來的這刻沉默，更感覺到外頭小石子、大石子在輪胎下摩擦的聲音。

「一定是為了什麼感情吧？」我再繼續用一種曖昧的方式拷問。

「斷木香菇的味道，是一種很特別的香菇味道。」黎皓像掉進回憶裡了。

「嗯！是木頭的味道嗎？」我看著黎皓的表情，君豪則喝著酒向外望。

「我小時候，我爸就用斷木種香菇，你會看到香菇一個個從木頭裡長出來，每一個都有它的個性跟大小，因為是從木頭裡長起來的，長起來都會非常厚實。跟你們講這個木頭的味道，你們也不會懂啦！因為根本沒聞過啊！遺失的味道，你懂我意思嗎？我想回來信義鄉工作，第一件事就是回家把香菇種起來，至少你看這些山，現在這些山跟我小時候都不一樣，河流也都不一樣，總還是要有一個可以讓我覺得一樣的東西吧！一樣的味道吧！是不是，君豪？」黎皓沒讓我回答，盯著只顧看窗外的君豪。

「沒錯！」君豪回應的這聲「沒錯」，答得簡潔有力，也像催酒的發語詞，果然兩個人又乾了一口！

「記下來了沒？導演！」當然記下了，但我還有問題要問。

「可是，我們出發前你煮給我們吃的香菇也有木頭的香味啊，那是什麼香菇呢——」我沒問完自己就住嘴了！

那就是他的「斷木香菇」啊！

他已經用他**最重要的東西**，偷偷地招待我們了。

那時他看我們喝湯的表情，他的內心，一定特別複雜！在我們喝下香菇湯的當時，沒有立刻稱讚那碗湯好喝，當時，他沒有很失落吧！

可是是真的很好喝！我們沒有說出來真的是因為，我們認為當我們到山裡之後，一切的好吃都是理所當然，更何況是一碗清湯。

山裡的男人，果然內斂的方式不一樣。

我再看一眼黎皓，馬上想到他剛剛說的那句：「我不知是大笑，還是恥笑，只能言不由衷地笑！」

註一：
神木村位於南投縣信義鄉，對外交通動線為台21線（新中橫），於113k+500神木山莊處右轉再行2公里可達。86年賀伯颱風土石流而出名的霍薩溪橋，已於1998年5月9日因土石流而流失。現被媒體稱為「土石流的故鄉」。

坐這台車來是對的，因為車外頭寫著「信義鄉農會」
幾個大字，讓我們到任何一個地方都有了貴賓式的待遇。

黎皓認識每一個迎面而來的農友，更認識每個往來砂石車的司
機，連這個葡萄園的女主人，都是他學妹。

黎皓說今天就要讓我們滿載而歸，但我馬上就發現，不管是葡
萄還是蕃茄園的農友，其實都好久沒看到黎皓，因為黎皓在農
會太忙，今天反而成了他的同學會，而我跟君豪這兩個外地來
的朋友，拿著攝影機，對什麼都好奇的樣子，完全滿足了他那
種喜歡當主人的個性。

他喜歡讓大家需要他，並且用他那種看似「心不在焉」卻「什
麼都在乎」、「永遠在你背後做小天使」的小手段。

但我想，他或許真希望哪天出現一個女子，能讓他在這片山野
前跟她說：「我不要你當客人，我要你當主人。」

巨峰葡萄最棒的是連皮都可以一起吃，黎皓說，
皮越醜的越甜。

葡萄園發出亮亮的閃光，全是一片片CD，它用來
反射鳥的眼睛，好讓鳥刺眼到吃不了葡萄。

黎皓說牛蕃茄的茄紅素是含量最高的，但他提醒我，茄紅素要在一定的溫度下才會釋放得最多，所以像
蕃茄炒蛋或是蕃茄燒牛肉是會讓茄紅素有最佳的表現。不過牛蕃茄就靠生吃，果肉厚又帶勁。反正，意
思就是逼我們多拿一些，別錯過機會。

每個柿子都異常地肥大，黎哲不但讓我們搬，更讓我們參與了
一次採收的過程。他邊說，這家人是土石流第二天就第一個跑
出來的，若他們沒跑出來報平安，真的會以為村裡的人是不是
全不見了！

載著一車蕃茄、柿子和葡萄，心裡的
飽足感好像把要前往神木村的那股神秘給掩蓋掉了！

我不知道這是不是黎皓的心機——他不想讓我們感受到他
家鄉的荒涼。

而傳說中的那棵神木就在念頭剛起的時刻，悄然出現在眼
前。

「很奇怪喔！你有沒有發現，像日本人都會跟外國人驕傲
地說，我要帶你看我們的富士山，我要帶你去爬我們的富
士山，就沒有聽到台灣人說，我們去爬我們的玉山或是你
看看我們最高的山是玉山。」這是黎皓站在神木前說的第
一句話。

神木是棵百年樟樹，神木村的樹種當中，數目最多的也是樟樹。這個村落位在阿里山的山腳，在歷史的記憶中來到這個村落的人，都是為了求生存而來。

「因為平地都被早來的閩南人佔啦，來的都是客家人，都來做『腦丁』的！還有一種樹這裡也很多，就是『鹿仔樹』，它的纖維很適合來做鈔票，所以這裡的樹很多是砍來做日本人的鈔票！」黎皓很仔細跟我們說信義鄉神木村的歷史，這個日本殖民時代就刻意經營的神木村，以相當功能性的意義存在歷史裡。
現在「**土石流的故鄉**」讓神木村更難在歷史的洪流中被遺忘！

「什麼是腦丁？」君豪問。
「腦丁就是做樟腦的工人。像是日本人喜歡的樟腦香皂都是在這邊做的。日本人很懂得運用大自然；像樟樹，因為樟腦可以去除蚊蠅，還有蟲子，所以從前，每到傍晚，全村喔，甚至全信義鄉喔，都可以聞到腦丁那邊用樟腦香皂洗澡或泡樟腦的熱水的味道。
我想那個時候洗完一個樟腦香皂澡，晚上就不怕蚊子來叮了！」〈註一〉

我開始想像整座村子裡都飄著樟腦香皂的香味。因為香味一溢出來，就在提醒你今天的工作快要結束了，香味也在提醒你，晚飯已經有人開始準備了，因為那個香味，年輕人開始期待下工後與隔壁村心愛戀人的秘密約會。
我真想聞聞樟腦香皂的味道！

我曾有過用味道來判斷時間，甚至一切的日子。
當時我在金門外島當兵。

味道的邏輯是這樣的，如果說，你聞到洗澡的香味，首先會先興奮一下，因為終於到了下午五點，退伍的日子又近了一天。接下來，若聞到的香味是肥皂的香味，就表示正在洗澡的，一定是菜鳥，因為菜鳥才用肥皂洗澡，老鳥早就用沐浴乳跟洗髮精了。

在部隊裡，大家什麼東西都用的一樣，最可以表現品味跟檔次甚至自由程度的，最明顯就在洗澡用品上。

繁忙又個性化的都市裡，好像已經喪失用味道來發現時間了！

我不知道君豪此刻在想什麼，我特別覺得他有一個很奇怪的表情，然後也老閃躲我的鏡頭，總是看著前面的路。我順著他的視線看去，這是一條根本坍到不行的路啊！

如果這就是神木村的神木現在所看到的一切，神木若有靈，祂會在想什麼？這就是祂活那麼久該看到的嗎？

我們在走之前，跟鑲在樹裡的神明鞠了一個躬！

註一：
日本據台後（1898年）曾設台灣樟腦專賣局，下有樟腦精製廠、腦長、腦丁之編制，並訂樟腦管理辦法，實施樟腦專賣制度，訂定樟樹砍伐、保護及造林計畫，並獎勵民眾大量種植。日本在台灣實施專賣的項目有五種：鴉片、食鹽、樟腦、菸草、酒類，並藉由專賣壟斷樟腦事業來增加國庫收入。

我如願得到了一塊樟腦香皂！

我們趕在傳說中信義鄉洗澡的時間回到「真和園」，
並且拿著黎皓從農會給我的樟腦香皂。

路上我才聽黎皓說，真和園的王真和已經56歲
了，看不出年紀的原因或許跟他的綽號有關，
大家都叫他「蕃仔和」，因為他完全是個「人
來瘋」，而且喝酒從來不囉唆。但王真和說，
他的年輕是因為他每天用自家的溫泉洗澡，肌
膚自然「攄順」（柔順）。

我跟君豪仍在討論我們的露天全裸泡溫泉計
畫，我暗想若全裸被「蕃仔和」抓到，乾脆就
拉他一起脫了。想到這兒，我馬上一陣陰笑，
沒想到「蕃仔和」立刻飛來一句：「吼！你兩
個死嬰仔，去給人家偷蕃茄跟葡萄是不是？」

我們用最快的速度享受樟腦香皂跟日落前的「真和溫泉」。樟腦香皂讓皮膚產生透清涼的快
感，碳酸泉水卻又溫熱地讓肌肉立刻鬆弛，我更堅信了留在信義鄉是一個正確的選擇，不
過，我跟君豪卻是穿著褲子泡溫泉，真驢！

「你們應該會喜歡那個地方！在那邊，
可以看到望鄉山。」

什麼是望鄉山？
清晨，辜昭傑推薦我們去一個地方。

他嘴裡喊著：「迪陽，過來！」
「迪陽」是眼前這位原住民的名字。聽
說「迪陽」只比我大兩歲，現在有四個
小孩。

他們帶我們去看一座吊橋。

這座吊橋通往迪陽住的久美社區，橋的另一邊是望鄉社區。站在橋上可以看到「望鄉山」。
我又問了一次：「什麼是望鄉山？」

迪陽用他原住民的口音說：「望鄉山就是富士山。」
「真的？」
「對。就是因為它很像日本人的富士山，以前，在我小時候，這裡冬天的山頂都會飄雪
的。現在地球太熱了，沒有雪了。更早日本人在這裡的時候，就是看著這座山，一看這座
山就會想家，一個會想到家鄉的山，所以叫做望鄉山。」
「那橋呢？橋叫什麼名字？」
「千歲橋。」〈註一〉

「為什麼？為什麼叫做千歲橋？」這回換君豪的好奇心發問。

「因為，因為那個時候有個很帥的日本軍官跟我們一個原住民最美的女孩相愛了，可是，不可能在一起的嘛！然後，他們就跳下去了！」

註一：

千歲橋建於清光緒13年，總長約200公尺，橋面距離陳有蘭溪谷最深約100公尺。吊橋連結了久美及望鄉兩個原住民社區，使兩地的交通節省了約三、四十分鐘。

Part 2
信義鄉
2-13

「是她讓我知道有聖誕節的！」

或許是千歲橋的魔力，昨晚沒有人睡得好。一早賴在真和園的冬陽下，君豪供出他的一段異國戀情。

「你喜歡她哪點？」

「開朗，她對很多事情都很開心，還有……」

「她背後的那個國家。」

我側起身來看著君豪。

「她是加拿大人，一個對我來說很遙遠的地方。」

我還是承認我很怕「**台客的浪漫**」，不是他在説加拿大時的台客口音，而是他回憶的表情，不但像是被什麼吸走了一般，還帶著一股傻笑。

「是她讓我知道有聖誕節的！」君豪又重複了一遍。
「去年她帶我到多倫多，你知道嗎？在那之前我從來沒有過過下雪的冬天，很土吧？」
我能説很土嗎？我也只能用他的傻笑看著他。
「厚！真的很冷，你知道嗎！當人在黑暗裡頭，任何一點光，都會讓你變得非常敏感。我在那個又黑又冷的社區裡，看見到處都是在院子裡掛著聖誕燈的樹，還有那種會唱聖誕歌的聖誕燈喔，然後你看到的每個迎面而來的人都開心地跟你説merry X'mas！」
台客的浪漫傻笑持續在他臉上。當他説 merry X'mas 的發音非常標準，我想他肯定那晚説了很多，也聽了很多。

「然後，我到她家，大家一起上教堂，一起唱詩，然後吃火雞大餐，我認識了她們全家。」
「嗯。」
「你認識過以結婚為前提交往的人嗎？」
我？我不知道該怎麼回答，只是這問題突然讓我意識到自己已經36歲了！
如果我現在有了孩子，他36歲時，我都72歲了，而我現在連要跟誰結婚都不知道。
「你知道嗎？他們全家都已經把我當成是一分子了，當全家人來招待我的時候，我當天晚上就有了結婚的念頭，我們決定聖誕節就結婚。」

那不就是明天嗎！

我心裡發現了這個問題。還不待我問，他就説了一句「可是」，「可是，以我現在工作的時間，根本不可能休息一個月，把全家人都帶到多倫多參加我的婚禮，我只想延後一些，她就不能接受。然後，就分了！」
「就這樣就分了？」
「結婚會讓兩個人強迫去思考很多問題，我的工作讓我跟她的時間不一致，她是老師，時間非常固定，而我不同。我們真的有很大不同。」
「但不是因為不同才互相吸引嗎？」我問錯話了。
這次旅行出發之前，我隱約地意識到我們兩個似乎都想在現實生活中有些改變，但要改變成什麼樣，我們也不知道。

我們給自己的勇氣絕對不及「千歲橋」的日本軍官及原住民少女用生死來證明，只想藉由這趟「買菜」的心願，為我們心愛的人，做幾道或創新幾道食物罷了！

但我們心愛的人又在哪裡？

我一直沒說，也不想去想，就是我爸爸已經在去年10月離開了！
告別式那天，君豪來參加了，我依稀記得他公祭完後，離開時，在人群中跟我比了一個手勢，他向天空豎起大拇指，遠遠地像在說：「你是最棒的！」君豪一點都沒有因為告別式的氣氛而有一絲哀傷，反而還給了我一個大微笑。

我深深發現這個朋友的不同，也發現他總想讓自己不同。

而愛情呢？

我跟君豪，現在也都各自沒有愛情！
一座象徵永遠的「千歲」，幾乎徹底打敗旅人在愛情上的孤單。

我回憶著自己在橋上拍的照片，居然有十幾張都跟「繩索」有關，我好像把自己的恐懼寄託在「繩索」上，我渴望有「繩索」支撐著我一直以來的「不安漂浮感」。
「千歲橋」的永遠，道破了我一直以來在工作及生活上的飛翔，真的不過是「漂浮」罷了！

我跟君豪說，我有個願望。
我想做一碗麵，名字叫「千歲煨麵」。

「他想做一碗麵，名字叫千歲煨麵。」

君豪跟做包子的古信發說。我則在一旁露出君豪式的傻笑。

「什麼是千歲煨麵？」

我跟古信發說「千歲橋」的故事，他說他也聽過。

我拿出照片：「我希望我的麵條像吊橋的繩索一樣，很有韌勁，並且可不可以有兩種顏色，兩種顏色的麵條像繩索一樣堅韌地纏在一起。可以嗎？」

君豪看著古信發，我並沒有把頭抬起來，我只想聽到「可以」的聲音，而且從古信發胖胖的身體發出來，應該會很低沉吧。

「那很簡單啊！」

古信發的肉肉手立刻搶走我拍的照片。

「我跟你說，用紅蘿蔔汁來揉麵，就有這個你要的這條橋的橘色，那綠藍色的部分，我就用菠菜汁來調就好了。」

「那韌勁呢？」

「用手啊！用手拉麵啊！下鍋的時候，再拉一次，好啦！你明天來就知道了啦！」

「明天幾點？」君豪立刻跟進！

「下午吧！我賣完早餐！那你的湯頭想怎麼做？」

「我想可不可以是酸辣麵的味道，但是，那種酸，能不能多點梅子的甜味。所以不要用醋，要用梅子來煨。可是湯汁又不要多，我不想變成一大碗湯麵，因為我想要讓人吃的時候，看到很有韌勁的麵條，然後讓吃的人嚐到的口味是一點點麵湯的酸甜帶一些些辣的滋味，接著牙齒一動，就感到麵條的韌勁。我想表達的是那種韌勁。」

「那你要不要找我姊？」

「你姊是誰？」

看來，這碗「千歲煨麵」好像會發生一場奇妙的遭遇。

天色已晚，平安夜就要來臨，我感覺今天我們跟耶穌很近。

Part 2
信義鄉
2-16

結論是：先睡個三小時

然後半夜兩點半起床，從東埔「真和園」出發，約半小時就可以飆到「久美社區」，剛好參加迎接黎明的報佳音活動。

晚上七點，我們跟月亮一起沉在溫泉水裡，露天池現在只剩我跟君豪，我們一度有全裸的念頭，但今晚來信義鄉的遊客太多了！

剛剛下山時就已經看到一台台遊覽車來到山裡。
那些慕名來參加報佳音的遊覽車，我猜想他們上山的時間，應該都會湧去
「羅娜社區」吧？

不知從時開始，山裡的原住民，每年平安夜都會徹夜報佳音。但是「羅娜」
跟「久美」這兩個社區不會搶著一起報，他們會很有默契地約好，誰先報，
誰後報，好讓從寒夜到黎明的山裡，敬拜及禱告的聲音不致擁擠跟雜亂。
所以，今年「天主教」的羅娜社區從晚上七點開始報佳音到凌晨兩、三點，
而「基督教」的久美社區有默契地接續著迎接黎明到來。

「那我們會不會喝很多酒？」
君豪一問起這句話，我就在溫泉池裡呆住了！因為就算我倆再會喝，應該也
絕對喝不過原住民吧！加上我還要拍照，要拍完全程的六小時照片，一定不
能盡興地喝，不能喝酒會不會被他們覺得我們很不禮貌，或瞧不起對方？
慘！
但我相信迪陽可以保護我們，如果我們先跟迪陽說好，應該可以讓他們了解
為何我們不能喝太多，甚至根本這次不能喝的原因！

但，就算喝醉了又怎樣？醉也是醉在這片美景，醉在上帝的懷抱裡，明年的
聖誕，我們都不知道會在哪個城市度過。

我不敢想太多，再想，怕兩點半起不來，更何況，君豪跟我已經在昨晚為了
千歲橋的故事沉浸在各自愛情的回憶中而遺失了睡眠。未來的三小時，可以
睡眠的三小時，是讓我們有能力感受未來的瞬間補充。

睡吧！
我把手機的鬧鐘調好了！甚至加上君豪的！

2:43AM

還是決定先拍一組如果我們喝醉的畫面！

我們仍然有一醉不起的念頭，反正醒來不會是一個人，再怎麼樣，旁邊還有朋友在！
月光神秘地躲在雲層後，我看著相對於月亮，一會兒太陽會出來的位置，想到是否自己能
拍到破曉時刻，心中還是浮現了一絲使命感及責任心，但若能撐到黎明那刻，撐不撐得到
君豪醉臥村裡的時光？撐不撐得住君豪可能會懷念去年多倫多的婚約而痛哭流涕的那刻？
撐不撐得住換我騎「直線加速之王」載他回去的畫面？
我不敢跟君豪討論，若老天要讓君豪醉臥久美社區，我勢必得做個生還者，見證這一切。

等著我們的小孩叫「梭浪」！

他是迪陽最小的兒子！

我跟君豪跑著過來，我們把「直線加速之王」停得老遠，
怕引擎聲擾亂了迎接耶穌的誕生。

梭浪害羞地拿著紅色蠟燭給我們，馬上就跑回爸爸身邊說：「爸爸來不及了！快點！」看來這習俗已經深耕在孩子身上，未來，至少20年，村裡都還可以延續今晚唱詩歌的浪漫。

比我大2歲的迪陽跟烏嫚生了二男一女，大兒子「拉賀」正躲在屋裡練習要獻唱的詩歌，烏嫚拉著女兒「妞」已經跑到教會去幫忙。

「梭浪」很快就被君豪的大手牽住，不知是什麼功夫，這孩子已經偎著他，像是看到英雄一樣。

我偷偷在迪陽耳邊說出喝酒的顧慮，他笑說：「不會啦！不會啦！有我在啦！」

我們邊跑邊衝到了集合的廣場！

牧師在肅靜的寒夜起了個音，第一句聖詩在他口中唱起時，君豪的臉就變溫
暖了！我趕緊拍下第一時間的變化，我看到他的表情，心想就算拍不到眾人
共同迎接黎明的畫面，只要有他跟我的一段溫暖回憶都可以！
第一首聖詩唱完，牧師帶著大家離開廣場。
現在才是今晚一切的開始，我們這一團十人左右的唱詩班，將手持燭火，向
村裡每一戶報佳音。全村的人都會醒來，我們將一個接一個，一首接一首，
慢慢靠近正重新誕生的自己！

我很快就跟君豪走失了！

在這個隊伍當中，沒有人插隊，就算碰到前面認識的人，你還是會靜靜吟唱
聖詩，跟在隊伍後面。

除了我，為了要拍到每個不同的角度，來回奔跑。
大家對陸續出現的人互道聖誕快樂，我又衝上前端望著遠方，天啊！這條路
已經變成了一條燭光河！連天空的色溫，都因為燭光而變得溫暖柔軟！

一個禮物

有一件禮物　你收到沒有
眼睛看不到　你心會知道
這一件禮物　心門外等候
是為了你準備　別人不能收
生命有限　時光也會走
如果你不珍惜　機會難留
禮物雖然好　如果你不要
你怎麼能得到
親愛的　朋友
你是否想到　馬槽的嬰孩
是為你而來
親愛的朋友　你是否了解
那最好的禮物　是人的主耶穌
生命有無限　時光也會走
如果你不珍惜啊　機會難留
禮物　雖然好
如果你不要
你怎麼能得到
怎麼能得到

久美教會　吳宗信牧師

我後來發現我們的目的地，其實是回到原點，原來的集合地點。我在一個高處看到了君豪，他跟村民在一起，而我，卻有個牠一直在一起。

我仍然在想，找幾個不同的鏡位來觀看夜晚到黎明的感情。我突然腦中浮現一個問號，
主耶穌基督現在是在哪裡看著我們，是什麼表情聆聽我們的禱告，於是，我衝進教堂，
站在十字架的位置往外看，我想，至少十字架是這樣看著我們吧！

天色微亮的時刻，牧師要大家向全村的長者致敬，所有長者一一出列接受大家的
掌聲及讚美。我這才發現那些俊美的年輕人，一直有禮地坐在最後的位置。

天亮時舉行抽獎,孩子們不管獎品的大小,很快地把氣球拿下,當成好玩的寶貝。我看著氣球在天空爆破,但這孩子卻沒哭,開心地撒泡尿就又找別的玩了。

後來,君豪告訴我,我倆抽到大獎了,一個旅行箱跟棉被,他立刻送給迪陽。

我碰到一個酒醉的原住民，
他衝過來摟住我的腰。「幫我們拍張照片好不好？」

這是我離開教堂旁發生的事，要我幫他跟他女
友一起拍照。

原住民女孩已經有了城市美容院剪的新髮型，
全身的盛裝卻一副受不了這個原住民男孩的表
情。

「不要啦！不要啦！」她躲得飛快。

「妳給他拍一下啦！這樣妳就可以上電視啦！
很多人都可以看到妳啦！」男孩說這話時非常
溫柔。

「不要啦！」女孩躲到一輛摩托車後對我喊著。我手拿著相機，但腰還是被
男孩摟著！

「我跟你說喔！你不要拍我喔！你拍他就好了！」女孩很兇，很堅持。

我們三個人尷尬得要命，不對，應該是我跟那個女孩尷尬得要命。

「你拍那邊好嗎？」他還是摟著我的腰，這次更緊了。

「哪邊？」我鎮定地問。

「那邊，那邊那個房子，那裡是我的家。你拍一下我的家，很美喔！我跟你
說，我們全家，我爸爸、我媽媽、我哥哥、我姊姊，他們都不喝酒，也不抽
菸。就只有我。」

講到就只有我的時候，我才認真地看了他一下！

他沒有原住民深邃的輪廓，眼睛細得像一抹月亮，頭很小，也很瘦，但手在
我的腰上感覺很粗壯。

他笑嘻嘻地再懇求我一次，然後又再說了一遍。

「他們都不喝酒，也不抽菸。就只有我。他們都很棒！」

「你也很棒！我現在就拍！」

他鬆了手，我拍下遠方的一棟房子，因為我真的不確定是哪一棟！

「我看一下！」

他的節奏總算放慢，躲在摩托車後面的女孩也放鬆地笑了起來！

「對對對！就是這裡！好棒！你餓不餓？我幫你買早餐好不好？我買早餐給你吃好不好？」

我沒答應他幫我買早餐，反而跟女孩微笑，女孩很快就把他帶走了！我相信，他買過很多次早餐給她！

黎明來的這刻，我還是沾染了點酒，至少我有了理由，是酒意讓我的眼睛濕濕的！

也不賴！

Part 2
信義鄉

2-20

「發明一道菜啊！」

他逆著陽光跟我們說。鼻子英挺，嘴唇很薄，牙齒也好像很白。

「發明一道你為她做的菜，那就是愛情的開始。窺探她喜歡什麼食材什麼口味，然後還要一點一滴加上你也喜歡的。然後試著抓出這道菜的顏色及口感，因為那是她去除心防的第一步。這要一些心思。然後，想像她吃了後，從喉嚨開始就流著你發明的味道，順勢滑下到全身，滑到她那個可能很大的胃還有一節一節的腸道。那是你一輩子都到不了的地方，但你做的食物幫你去探險了。然後她還因為這樣全身都通順後打了一個滿意的嗝，不小心給你聞到，那可能是一個你想像不到的感覺，或許不好，但可真的是因為她開始能消化你了。」

我看清楚他了！他穿著一襲軍裝！有一面日本國旗在他的胸上。
我後來看著他棕色的軍靴及腰帶上的刀，我發現自己躺在一座吊橋上。
那把刀連逆光都會發亮！

「到最後，她一不小心放的屁，都跟你的味道一模一樣。你就完完全全地征服她了。」
「因為連屁的味道都一模一樣。」

我做了個夢，是這次旅行的第一個夢。

君豪一邊騎著車,一邊狂笑!

我們急著殺到迪陽的家,因為我把相機的腳架忘在那裡。
但最糟糕的不是忘記腳架這件事,是剛剛這個夢被君豪分析說是
跟**性**有關!
什麼刀啊、軍官啊、滑過身體啊,這類感官刺激,完全是個變態
春夢!
我有點懊喪!一定是滿園子**荷爾蒙混亂**的花造成的!但為什麼不
是個女子來夢中呢?

不要聽別人解讀了!
我覺得是託夢!是託我要完成一個「**千歲煨麵**」的夢!

我們把車騎回迪陽家,梭浪跟妞從村裡衝回來,看到了「**直
線加速之王**」!

君豪總是喜歡扮演別人夢想的圓夢者,但我回來再看到這些
照片的時候,我在想孩子其實才完成了他的夢!
我很想問他,年過三十歲了,就算再浪漫再想流浪,是不是
都逃不過有繁衍的念頭!

別問吧!因為現在,我們都是一個人!

Part 2
信義鄉
2-22

一碗柚子皮放在我眼前，

碗是個手拉胚，顏色有一種湖水的墨綠。

我們跟古信發到了他姊姊的梅園，眼前的蔡大哥劃了一根火柴，
很仔細地把柚子皮點燃了！
「我姊夫用這種方式驅蒼蠅、蚊子，這種方式最天然，也不會傷身體。」
古信發在蔡大哥邊點柚子皮時邊說。

我們來得不巧，正好是吃飯時間，古信發的姊姊古信維正在廚房忙著要出爐的梅餐，一桌
桌從山下慕名來吃梅餐的客人，讓主人沒時間招呼我們。
「你們先坐一下，吃了沒？等下一起吃。」問話的蔡大哥，有一種非常安靜的氣質，那股
安靜不是因為話少，而是他的動作、笑容、選擇參與大家的方式所散發出來的。

做導演最喜歡用兩種演員,一種是大明星,因為大明星有絕對的票房,另一種就是像蔡大哥這型的人。或許在一部片子裡,他是那種台詞不多的演員,但是當鏡頭拍他的時候,整場戲都因為他的一切而吸引著觀眾。這部戲會因為這個演員特殊的詮釋,有了另一種分量。

我在一旁想按下快門拍蔡大哥時,蔡大哥本能地就躲開了。他居然完全知道鏡頭在哪邊!

「不好意思,我不上相。」蔡大哥靦腆地走開。連君豪說:「不會啊,蔡大哥長得很帥」的話都還沒說完,就只剩我跟古信發加君豪三人,呆坐在這一碗燃燒的柚子皮前面。

「乀!你們坐一下,我去弄吃的來!」這下可好,連古信發都想先去廚房一下,也不想替蔡大哥解釋什麼,我跟君豪突然覺得這裡一切都陌生起來。

我看著蔡大哥剛剛給我的名片——喜覺支梅園梅宴工作室、蔡國義、古信維。

「喜覺支」三個字出現在我的腦海,如果沒錯的話,這是佛家婆羅門所謂的「七覺支」裡的第四個覺支〈註一〉,七覺支若都修完,就會達到一種無畏的境界。

說真的，其實我很怕宗教的東西，但是我又喜歡看。怕的原因是某些宗教行為走偏了會像迷信，喜的是宗教文學常常又能在一片混亂中帶給人安定的感覺。

我不知道接下來碰到的蔡大哥跟古大姊會不會是宗教的狂熱分子，如果是的話，我怕我的本能會離開。但是，幾天前我跟君豪才跟上帝一起過了平安夜，為何今天我不能享受一下「喜覺支」可能會帶來的不同感受？

我馬上問了君豪的想法，反正現在只剩我們兩人。他說，可能蠻好玩的，因為他正在翻一本信義鄉農會出的《梅子寶典》，這寶典的設計一看就知道是副廠長辜昭傑的傑作，活潑有趣，最重要的是還有大篇幅的梅餐食譜。而這梅餐食譜的發明人，就是古信發的姊姊、蔡大哥的妻子——古信維。

註一：
若婆羅門有一勝念，決定成就，久時所作，久時所說，能隨意念，當於爾時習念覺支；
修念覺已，念覺滿足。

念覺滿足已，則於選擇分別思惟，爾時擇法覺支修習；修擇法覺支已，擇法覺支滿足。

彼選擇分別思量法已，則精進方便，精進覺支於此修習；修精進覺支已，精進覺支滿足。

彼精進方便已，則歡喜生，離諸食想，修喜覺支；修喜覺支已，則喜覺支滿足。

喜覺支滿足已，身心猗息，則修猗覺支；修猗覺支已，猗覺支滿足。

身猗息已，則愛樂，愛樂已心定，則修定覺支；修定覺支已，定覺支滿足。

定覺滿足已，貪憂滅，則捨心生，修捨覺支；修捨覺支已，捨覺支滿足。

如是，無畏！此因、此緣眾生清淨。

「我們只是喜歡喜覺支這三個字的感覺！」

蔡大哥跟古姊笑著回答我的問題。這答案讓我少了之前的顧慮。

「很多化緣的人，也是因為看到我們的招牌，以為這裡是做素食的。但一進來發現葷菜的味道，我們也不好意思。但我們還是會做一桌素菜，跟他們一起吃。」古姊開心地說。

我想她們古家一定遺傳一種共同的血液就是好客及烹飪。我跟君豪現在喝著今年「喜覺支梅宴年菜」中的「勇士的湯」，一種用陳年梅子清燉的雞湯，這雞湯一點都不濁，非常清透，也沒有梅子的酸味。陳年梅子的味道嚐起來居然跟人蔘一樣清香，卻又沒人蔘的苦。據說，只有一定年分的陳年梅子會有這種清香的功力。這碗「勇士的湯」烹調方式完全是用清蒸，因為夠滋補，所以要給山裡打獵的勇士喝。

「李導演他們想做一碗麵！」我發現古信發跟他姊姊講話時，只講重點，嗓門也低些，這讓我對古信維的個性有更多好奇。

我說著「千歲煨麵」故事時，古姊三次離開，都是去招呼上山來享受梅餐的客人，這讓我有一些失落感，但真的也不想放棄。蔡大哥在我解說故事時保持沉默，只不斷地沏茶煮水，更好笑的是，古信發還在一旁睡著了。冬天的太陽果然夠暖，君豪也把外套脫了。

這一刻，就是當我連「可不可以為我做碗麵」都不敢再說出口時，蔡大哥說話了！

「你有沒有吃過梅子麻薯？」

「沒有。」

「梅子剛成熟時，我們都會讓來這裡的客人除了採梅子之外，也一起試試釀好的梅子，包成麻薯來吃。」說完蔡大哥立刻從身邊拿出一罐梅子。

「如果可以，我們會希望包梅子在麻薯裡面，連梅子的核都不要去掉，不能讓你一下子就大口吃掉，你會因為擔心吃到核，而慢慢吃。慢慢吃東西，對消化也好。當你慢慢吃，就會吃到三層以上的口感。」蔡大哥說話跟他倒熱水在茶壺裡的速度一樣，又慢又燙。

「三層以上？我可不可以試試？」

就這樣，我們總算可以進到「喜覺支」的廚房，甚至，可以實現「千歲煨麵」的夢想。我相信，我可以在這邊找到食材不同的定義，因為現在，我絕對不相信「喜覺支」三個字，只是因為喜歡才用來做梅宴餐廳的名稱。

「不要那麼大口的梅子麻薯」

不要那麼大口的梅子麻薯

材料：

Q梅	1粒麻薯搭配1粒
綠豆沙	半斤
芋泥	半斤
椰子粉	少許
糯米粉	3杯
澄粉	1又1/2 杯
蔬菜油	5大匙
太白粉	少許

做法：

1. 澄粉用開水燙熟，並快速地攪勻，再加入糯米粉，揉麵過程中加入適量開水及少許油。
   揉成麵團後，蓋上濕布30分鐘。
2. 綠豆沙分成小粒後，將Q梅包入，並搓成圓球。
3. 將悶醒的糯米團包入剛搓成圓球的綠豆沙Q梅，搓圓後放入蒸籠蒸10分鐘。
4. 蒸畢好，將麻薯滾上椰子粉，即完成。

我一直在好奇所謂的三層以上的口感，原來是椰子粉與嘴唇的觸感、糯米的稠密感、綠豆沙或芋泥的香味及Q梅的酸甜與梅子核在口中不斷反覆吸吮的回味。

多虧他們想得到！

我把一張張拍攝梅子的照片給蔡哥跟古姊看，我想拍出這道點心的多層口感，但又想拍出它一點點禪味，於是跑到後花園摘了一些花花草草，就這樣，我似乎得到他們的信任。

我想我們在試探彼此，這是我第一次強烈感覺到這種試探。

我們都把做菜當成一件很重要的事，甚至一種難以言喻的感情。你為什麼要把你認為很重要的事，跟一個陌生人一起完成？這個陌生人會不會只是一時「旅行的浪漫」就丟出一個不想帶走的感情？如果沒有信任，全都只是空口說白話，捕風捉影。

更何況，蔡哥與古姊一直都在面對那麼多來了梅園，馬上熟識又馬上離開的媒體人，到底

這些人是真心欣賞食物，還是只是工作上對新資訊的需求，這份感情與食物間的拿捏，他們必有深刻的領會。

只是，我不好意思的是，這次相遇的時間，正巧是他們一年一次最重要的收入季節，因為只有在梅花開的這幾天，山下的人，才可能不顧媒體過度渲染土石流的危險，帶著一定要看到梅花開的激情，享受一頓梅宴。

以蔡大哥跟古姊對待食物的個性，要跟我研發一道「千歲煨麵」，已經不只是有趣、有緣分的原因，還有時間跟體力的壓力。

「你希望哪天我們把麵一起做出來？」古姊說了我最想聽的話。

「古姊看妳的時間搭配好了。」

「我想你剛剛說想要在這碗麵裡頭有那個辣的味道，我想到一個很特別的香料，要不要讓蔡大哥帶你去摘？」

「它叫鳥不踏。」

蔡大哥很小心把香料剪下來拿到我跟君豪
面前，這「鳥不踏」連葉子都帶刺。
「因為帶刺，所以連鳥都沒辦法站在上
面，所以叫鳥不踏。」
好傳神的名字，傳神到君豪的手馬上就被
刺了一下。
「它帶刺怎麼能吃？」我想我又問了一個
蠢問題！
「ㄟ，當然是把刺弄掉啊。」君豪馬上開
口。蔡大哥微笑贊成，馬上要我聞聞看。
「聞得出來嗎？」
我避開葉面上的刺，靠近鼻尖，真嚇了一
跳，是一種會讓人突然醒過來的味道。

「鳥不踏是會長很高的，當它長得像人一樣高時，如果你切斷它，它反而會
不斷發芽，長得更茂盛。」
「個性這麼頑強喔！」
「它還具有療效喔。」蔡大哥回到屋子裡翻書給我們看，他非常謹慎地告訴
我們每個資訊，他的回答雖然慢，卻總讓我有安全感。

鳥不踏

學　名：食茱萸　莖刺科
別　名：紅刺蔥、刺蔥
分布區：中國大陸、日本、琉球
藥　用：葉用為溫中、燥濕、殺蟲、止痛。主治跌打損傷、風濕、感冒、
　　　　心腹冷痛、解鬱悶
食用部：嫩心葉或幼苗時期之嫩葉部分
調理法：嫩心葉或嫩苗

「以前鳥不踏在南投並不多，不是因為它不在這些山裡發芽長大，而是鳥不踏的種子落在土裡後，要翻動過，它才會發芽。所以後來土石流崩山，那些自然落地的鳥不踏，就都被翻出來發芽了！」蔡大哥喝一口茶繼續說：「因為它口感很涼，又帶一些辛辣味，可以讓素食的人取代不能吃的蔥蒜。我跟古姊試過把它拿來煎蛋、拌苦茶油麵線還有豆腐都非常不錯！」

我像是奪到寶物的興奮，如果這個鳥不踏的辛辣，取代胡椒或辣油用在我們的「千歲煨麵」當中，甚至還帶有止痛及解鬱悶的療效，不是真讓「千歲橋的殉情故事」有了療傷的效果。

「我不做梅餐的時候,就到 原住民的村落裡教他們烹飪課。」

我跟古姊一邊在剪鳥不踏的刺,君豪在旁拍照,他說他一定
要拍我做菜的過程。

其實我很怕鏡頭,因為導演工作做久了,非常清楚每個鏡位會表現什麼味道,所以表情反
而容易做作不自然。
我想不管了,反正只要專心聽古姊講話,或許君豪可以拍到連我都想像不到的樣子。

「有一次下大雨……」古姊跟她弟弟一樣,完全可以藉由說話,把你帶回第一現場,甚至
聽到那場雨聲。
我幾乎看到古姊面前,出現原住民女孩的樣子。
那女孩吸引你的第一眼是從地上開始,因為一進門,她就把廚房弄得一地是水,這女孩全

身都濕了，一身濕弄了一地水。

「我叫她出去也不是，但手邊又沒有東西給她擦乾。我把剛做好的羊排，用筷子夾住想拿給她，你猜她怎樣？」我聽到君豪拍照的咔擦聲。

「她衝過來一手就『啪』地一聲把羊排拿走，根本不用筷子或盤子裝著，就『啪』地一下拿去吃了！」

「我那時覺得，她好沒禮貌！但我走的時候，你知道那女孩跟我說什麼嗎？她說：『我想抱你。我想抱你，阿姨。』然後她就一把抱住我，剛剛吃羊排手也沒有洗，一雙都是油的手緊緊抱著我。我回來就跟我先生說，**她們才是最乾淨的。**
連心都是乾淨的。
我做菜做了一輩子，她們讓我覺得，我這麼被需要。
我從來沒有因為做菜被人覺得那麼需要過。我跟我老公說，
我根本比不上她們。」

還好當時眼淚沒有很糗地流下來，是因為我聽到古姊說，
那個女孩用很大的聲音呼喊說：「要回來喔！我要吃你的
羊排！」

天黑之前，我們很快地用鳥不踏先做了一道小菜，非常簡單，
我稱之為「刀子嘴豆腐心」。

而且，我堅持要加一些花生，除了花生富含腦部機能需要的微量礦物質「錳」之外，當花
生一入口，嘴巴發出「喀滋喀滋」像剪刀一樣的聲音，就更像「刀子嘴豆腐心」了。

刀子嘴豆腐心

材料：　　　　　　　　調味料：
嫩豆腐　　1盒　　　　醬油膏　　1茶匙
鳥不踏　　4片　　　　陳年梅汁　1茶匙
花生　　　些許　　　　薑末　　　些許
　　　　　　　　　　　香菜　　　些許

做法：
1. 鳥不踏去刺之後以手撕碎，保留葉片的香氣及口感最好不要撕得過碎或打汁。
2. 醬油膏與陳年梅汁及薑末香菜一起搗成汁。
3. 豆腐淋上 1＋2 之材料，並灑下花生即可。

因為有「刀子嘴豆腐心」，我跟君豪留下來

吃晚飯。我們在天黑晚餐的客人來臨之前，跟「喜覺支」的所
有人一起吃了這頓飯。

古姊越是招呼一切，我越是喜歡觀察在一旁的蔡大哥，我好奇這對夫妻的相
處方式，但我發現只有這張照片，可以詮釋他跟古姊的關係。
這張照片是蔡大哥第一次答應讓我正式拍照，我說服蔡大哥的理由是說我想
拍他的狗。
黃狗跟蔡大哥的關係，就像蔡大哥跟古姊一樣。
黃狗也不愛拍照，我只要拿相機單獨對著牠，牠就會躲。而且，牠完全不像
一般餐廳養的狗，會跟客人搖尾巴要東西吃。
小黃狗總是遠遠保持一個距離看著牠的主人跟他的客人。但牠會一直跟著牠
的主人，守在主人旁邊。

每當古姊開心說話時，蔡大哥也總是坐在另
一個角落專心聽。而古姊在廚房做菜時，蔡
大哥就在客人間穿梭，微笑地說明每道菜的
來處。

我想有天，我也會找到那種幸福。
因為我已經發現這世上是有這種幸福的，
那種尊重地守著彼此的幸福。

「**你快過來！李鼎。**」古姊大聲喊我，我跟君豪才正打算離開。

我衝進廚房，看見一堆蹄膀在油鍋裡。

「如果你願意，我可以教你這道菜。」古姊翻攪著剛下油鍋的蹄膀，沒敢用正眼看我。

我最怕這種欲語還休的表情在個性大剌剌的人身上發生，我完全服輸！但我輸了什麼呢？

我將學會一道特別燒蹄膀的方法，我哪裡輸了！

「古姊……」

「還是你們要先回去，因為要騎車走山路，天太黑也是很危險。」古姊又下了兩個剛川燙過的蹄膀到油鍋裡。

「不用啦！免驚啦！古姊。來，我給你跟導演多拍一些，我們也多學一些。」回答的人是君豪，他已經拿起相機作勢要拍了。

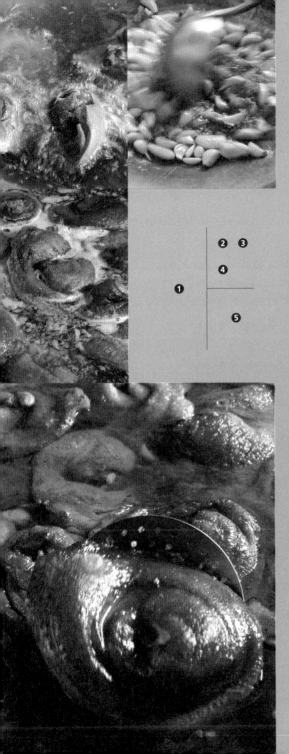

「這是我今年的年菜，梅汁蹄膀。你先來弄這一鍋，冰糖的這一鍋。」古姊把另一鍋的鍋鏟交給我，鍋子裡正堆著將近半斤的冰糖，我們用熱油及中火，把一粒粒的冰糖炒化掉❶。

另一鍋正在油炸的蹄膀就是古姊做這道菜的訣竅。

「先把川燙好的蹄膀油炸❷，就可以把蹄膀過多的肥油先炸出，並且會讓蹄膀的表層有酥脆感。」

「我知道，這個酥脆感等下在滷鍋滷時，會因為它被破壞的酥皮表層，能夠吸收更多的滷汁。」

「猴囝仔，真聰明。」

「那為什麼要炒冰糖？為什麼不直接滷冰糖就好了？」

「其實不是只炒冰糖，還要把陳年梅汁及醬油一起炒到冰糖裡頭去❸，這樣肉會軟化而且吃起來更嫩。」古姊說完立刻將炸好的蹄膀起鍋，放到我的冰糖梅汁滷鍋當中。

接下來，冰糖梅汁滷鍋將進行兩個小時的微火燉煮❹。兩個小時後，每個蹄膀將分別用塑膠袋封裝，在封裝的那刻，我們會放進四顆古姊自釀超過一年以上的梅子，再一起放到蒸籠內蒸兩個小時。

整個蹄膀將近五個小時的「燙、炸、滷、蒸」❺的四種特訓，跟平常單純只有用滷的方式完全不同。我期待明天到來，因為明天一早，我們就可以來這裡，展開「千歲煨麵」的計畫了，不！甚至更多！

「你是喜歡做菜的！」

君豪躺在床上，我也躺著。我們看著天花板，聽著浴缸裡嘩嘩的溫泉水聲。
「我從相機裡看到你是喜歡做菜的。」
「我不覺得你該用感性的話來形容我的心情ㄟ！」我故意用一點台灣國語來
掩飾自己被君豪一語道破。
「真的沒有半個人為你做過菜嗎？不用回答。我先去洗澡。」君豪一步兩步
就衝進浴室裡。

當然有的。第一個是我爸，我爸是飛官，是外省人來台灣玩，一玩之後，就再也回不了
家，只好去當軍人才能活下來。而在家裡，他是個好廚師。我從小就跟著他一起做菜，一
起學掰四季豆、學打蛋，邊聽他說每一個他小時候的故事，**或是他對每道菜的回憶。**
所以我從小就會做菜。
另一個為我做菜的人，是大一時，一個同班同學，她是以結婚為前提交往的好女孩。
她最拿手的菜，是珍珠丸子。但她的珍珠丸子是超市買的料理包。
為何最拿手？因為她非常清楚電鍋裡要加多少水，好讓冷凍食品能還原出最好的味道。
最難的就是這點，本身就已經熟過的食物，再回到一開始的美味，本來就是最難的。
想到這裡，我才想到當年她可能先試蒸過多少次珍珠丸子，可能失敗過多少次，才敢端到
我這個很會做菜的男友面前來！而這種動力，完全來自於她對那種「以結婚為前提交往」
的信仰。
但大一時的我，剛開始面對花花世界，怎會相信「以結婚為
前提交往」是最難得的真情，並且她又是那麼單純，而且是
很多人喜歡的對象。

那晚君豪在浴室裡泡得很久，好在他泡得久，不然兩個男人
彼此看來看去的懺悔，還真的會很不堪。

Part 2
信義鄉
2-31

「這顆高麗菜至少有海拔1000公尺，
一定很甜。」

寒冷的清晨，我們從「真和園」前往「喜覺支」。

我邊走邊回頭看著剛才賣高麗菜的男女，他們的口音讓我懷疑他們到底是從哪來的？信義鄉的歷史裡，混合著非常多的人種，這裡真像一個什麼角色都有的神秘鄉村，我在冷冷的清晨，突然感覺自己好像到了愛麗絲夢遊仙境的場景裡。我一直在想，今天是第幾天了？是不是旅程就快結束了？君豪何時要趕去上海出差？可我真的一點時間概念都沒有了，只**感覺一直不斷在穿越什麼，穿越一個個像是心靈裡的村落**，要穿越到哪裡，我也不知道，忘了今夕是何夕。

我手裡緊拎著那顆碩大的高麗菜，看著迎面而來的土石堆及梅花朵朵。我只想著，「千歲煨麵」就要完成了，或許明天，應該明天，就是最後一天了！

「直線加速之王」很快就到了「喜覺支」，古信發老早在那裡榨著要揉麵的紅蘿蔔，我則聞到昨晚蹄膀的香味從蒸籠裡溢出。這個廚房讓我沒時間去想那些風花雪月的事情，就是今天了，今天會有很不一樣的菜會誕生。

「太棒了！」古姊看到我們的高麗菜，馬上跑過來！
「我可以馬上先教你做一道菜，就用你這顆高麗菜！」

君豪聽到古姊這麼說，更樂了，因為買這菜純粹就是好玩，是想試試這顆高麗菜可能有多甜，現在竟然可以讓古姊烹飪出一道新菜，他更是開心。

「我等下就可以做麵條了，你們別忘了把時間控制好。」古信發在一旁催促著，我看他把菠菜也拿出來了，菠菜綠色的感覺跟吊橋上的感覺很搭。

即將要產生的這道菜，完全在考驗高麗菜的真實甜度跟脆度，而且要讓吃的人嚐到從菜心一直到菜葉最外層，層層剝開不同的口感。

「怎麼可能？梅子麻薯可以做到，我不相信連高麗菜都可以做到！」我好奇地挑戰古姊。

古姊懶得跟我解釋，吩咐我先殺高麗菜。因為從前打工做過吧枱，切過水果盤，所以切菜對我來說根本就是小事，碩大的高麗菜立刻被我漂亮地分成四份。

然後古姊取出了棉繩。

「這是幹麼？要綁誰？」我挖苦問著。

「把每塊高麗菜綁好，然後放到熱水川燙，然後你知道會發生什麼事嗎？」古姊大嗓門時很像小孩子在玩辦家家酒，就是想裝成媽媽照顧人，可是明明自己就是小孩子。

「不知道！」其實我什麼也沒猜，因為我想聽她說答案，我期待看到她說出「答案是……」的那種快樂。

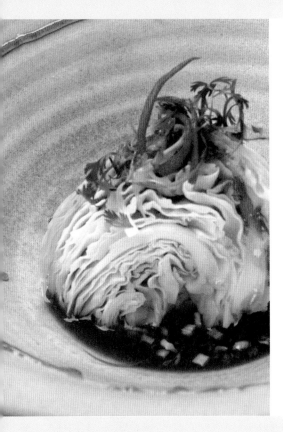

海拔高麗

材料：
高麗菜　　　1 顆
棉繩　　　　1 把

調味料
陳年梅汁
老薑　　　　1 條
蒜　　　　　5 顆

做法：
1. 將高麗菜分成要吃的大小。
2. 用棉繩將高麗菜綁好。
3. 放入滾水川燙，並觀察高麗菜的顏色來判斷
   高麗菜的熟度。
4. 將老薑去皮切成薑末，蒜剝皮後壓成泥，同
   時將陳年梅汁調入
5. 待高麗菜川燙完成，將醬汁放入，即完成。

「答案是……可以讓高麗菜不會因為川燙散開來，然後可以在表皮剛剛軟化的時候，就把
高麗菜撈起來，這樣，你看，菜心還沒有變成最軟對不對？」
「對啊！還沒有變成最軟！」
「但因為經過川燙，也不會到最生。這樣菜的甜度，就可以被逼出來對不對，而且可以吃
到不同脆度的高麗菜葉，口感也就更多樣了！但因為你買的高麗菜是高山高麗菜，所以吃
起來更甜，尤其菜心的部分！」
真是厲害的心意！
然後這顆一層層被穿透的高麗菜，再淋上由陳年梅汁、蒜泥、薑末融合而成的醬料，熱騰
騰的高麗菜因為帶有膠質的梅汁，肯定有冰火交融的快感
我稱這道菜叫做「海拔高麗」，要讓人吃到被你親自剝開後的口感，雖然外表溫柔，但是
內心依舊堅強，甜度足夠。

「你可以幫我把苦瓜弄成一條船嗎？」

古姊這個要求對我來說，真的太簡單了！我發現古姊那種在食物
面前完全變成一個小女孩的快樂，

我看著蔡大哥跟君豪在一旁拿著相機拍著我跟古姊的樣子，完全像在哄兩個
小孩子，一邊逗我們玩著手上的食材，一邊逗我跟古姊開心地笑。
「你刻的這個苦瓜船，可以讓我來做一個『一帆風順』！」這道菜是古姊在
梅子創意大餐的得獎作品。
什麼是「一帆風順」？
你喜歡喝「苦瓜排骨湯」嗎？
苦瓜排骨湯是許多單身外食族的最愛，一盅從蒸籠裡端出的苦瓜排骨湯配上
一碗附著酸黃瓜的滷肉飯，不但滿足每個人對於肉汁的渴望，也藉由苦瓜的
降火解毒功能，彌補沒人照顧的身體，給單身者一些溫和的補償。

古姊現在用這條苦瓜船做成「一帆風順」，不但讓苦瓜排骨湯活潑起來，也
多了分童趣！

不過，最有趣的還是苦瓜在這道菜的處理方式。一般的苦瓜排骨湯會跟排骨一起蒸煮，苦瓜的數量及切塊大小，通常會影響苦瓜本身的清香跟所謂的解毒降火功能；如果苦瓜切得太小太碎，苦瓜的功效在切的過程就會流失，若把苦瓜切得太大，又很難入口，整碗湯的賣相也不會很好。

古姊這種乾脆把整條苦瓜當成容器，用蒸煮的方式讓整顆苦瓜含蓄地將味道融入湯汁裡，

並且因為加上幾顆陳年梅子同時蒸煮，一小時後，肉會更嫩，湯更清。

這讓我對一旁擺放的南瓜也起了念頭。

「那我們做的梅子蹄膀，在蒸籠裡也快好了吧！」我開心地問。

「快了！」

「我有個新想法！」我拿著手上的南瓜說著。

「是你的苦瓜船給我的刺激，我想把我們昨晚的蹄膀，換一個碗裝。換這個南瓜來裝……」

「然後，把南瓜打成泥，再一起用蒸籠蒸，就變成一道可以……」

「可以吃到南瓜的甜味，可以解毒清油的甜味，再配上一小口蹄膀……」

就這樣你一句我一句接著，古信發已經在抗議，我們是否忘記要一起做「千歲煨麵」了。

一帆風順

材料：

苦瓜	1 條
排骨	半斤
陳年梅子	8~10 粒

調味料：

蒜頭	3 粒
薄鹽醬油	3 小匙
糖	少許
梅汁	3 小匙

做法：
1. 苦瓜1條，洗淨後由中央開一個四方孔將籽去掉。
2. 排骨洗淨後，用滾水川燙3分鐘左右撈起。
3. 起油鍋，將蒜頭爆香，放入排骨及所有調味料炒勻。
4. 起鍋後，放入苦瓜船內，蓋上苦瓜，蒸煮1小時即可。

男人揉的麵跟女人揉的麵有什麼不一樣的口勁？

這是我在看君豪跟古信發一起揉麵時，突然想到的問題。不過我也很少看到女人揉麵，難道真的是因為揉麵必須用力，才能讓麵團即使拉成絲都能絲絲帶勁。

揉麵的邏輯跟陶藝中揉陶土的過程很像，力道若不均勻，水分就無法在麵粉或陶土中均勻。此外，這個過程最重要的，還不只是與水的融合，而是把那些揉麵或揉陶土過程中，麵團及陶土中產生的空氣，藉由均勻且方向一致的力道，把空氣揉出，這樣才會實在，才能在接下來的塑型及高溫當中，維持製作者想要的姿態。

君豪那雙曾經練過柔道的手，果然揉起麵來也頗有看頭，而古信發的手，手掌肥厚，手指卻極為纖細，完全是天生的剛中帶柔。

「現在就要將麵條做成繩索狀嗎？」我看到古信發已經跟君豪將兩條不同顏色的麵條捲在一起，而且跟繩索一樣極為粗大。

「對啊！你不是要讓麵像繩索一樣嗎？」

「但我是想是一碗麵裡頭有兩種顏色的麵條，然後因為在同一個碗裡，就會自然而然地綑綁在一起。」

「我現在做的這個會更好！」古信發非常認真地回答這個問題。

我們大家都安靜了一下。他慢慢把捲在一起又粗又肥的繩索麵條，舉高凝視著。但我真的不希望這條麵這麼粗，這麼魯莽。

「現在，這兩條顏色的麵，它們就先綑在一起了！然後，我們讓它『醒麵』20分鐘，20分鐘後，我們再一起下鍋。」

「但這麵條會不會太粗？」

說完，古信發連看都不看我一眼，仍然凝視著他那兩條很粗的繩索。

「等下下鍋，它們就會拉得更細，細到一條麵條裡，翻轉過來，怎麼看都是兩條顏色，不是那種會混在一起的顏色，而是你能分辨得清楚的兩條顏色，這樣就跟繩索一模一樣了！」

「所以它會被我們拉細到跟一般拉麵一樣，然後我們這碗麵，每一根麵條本身就有兩『條』顏色綁在一起？」我吃驚地強調。

「對的！」古信發這才看了我一下，濃眉下帶著笑意。

不知道你第一次吃蹄膀，是幾歲？

蹄膀這道美食，該肥的地方真肥，該瘦的地方又真瘦。在還沒上桌以及在爐上熄火前，跟咖啡一樣，都會香得讓人有唇齒之間的幻想，滷汁跟肉因溫度及時間而產生的氣味，可以讓人光是一碗白飯，就吃得奇香無比。

你第一次吃蹄膀時，是不是有一些滷蛋是跟肉汁一起滷出來的？

我小時候，站在爸爸滷的蹄膀前流口水時，他總會問我：「要不要學啊？什麼時候你長大了，也做一個蹄膀給爸爸吃呢？」

我都害羞笑而不語，然後安靜看著他。爸爸也總會為我製造一些參與感，就是煮白煮蛋，然後把熱燙燙的白煮蛋，用小手剝開。

小朋友學剝蛋真的是一個不錯的體適能教育，因為它可以讓小朋友懂得「溫度的控制」。

怎麼樣讓你小手上剛剛煮燙的白煮蛋變冷些，變好剝些，就要先學會「溫度的控制」。

爸爸總會拿一碗冷水，將蛋放到碗中，這種等待溫度冷卻的過程，不但訓練孩子專注，還訓練孩子的耐心。

而接下來如何把蛋殼剝得順利而不會讓蛋白跟蛋殼一起剝掉，更是誘導孩子做事情必須講究方法。

爸爸當時一天到晚在部隊裡飛來飛去，對於我們這些孩子的教育，就從一起做菜開始。

那些剝好的白煮蛋，就在跟蹄膀一起滷的同時，完全滿足了我的榮譽感，因為我知道我已經可以慢慢具備將來能做一個蹄膀給我爸爸吃的能力，以及可以還沒長大卻能夠做大人做的事。

然後，那鍋滷汁，就這樣陪著我長大了！

到現在，即使只有我一個人在外吃飯，我都會加一顆滷蛋。

我真的認為，**蹄膀是幸福的食物**，以及**幸福的味道**。因為，一塊大蹄膀，一定要跟全家一起吃，而且可以吃好多天，一邊吃還會想起多年前第一口的滋味。

但是有多久，大家沒有一起吃飯了！

古姊把蹄膀從蒸籠裡一個個撈出來，今年訂這道「梅汁蹄膀」年菜的人非常多。

真好，又有很多人會因為這顆蹄膀聚在一起。

不知道你吃蹄膀會想吸收它的什麼營養？

那個肥肥的肉其實是豐富膠質的來源，但要如何享受到膠質而不肥胖，古姊已經在昨晚教我了。

那些用梅子搗成泥封罐後用時間發酵出來的膠質果醬（最短的時間至少一年），它的酸度刺激瘦肉的鮮嫩，濃厚的果膠會讓蹄膀釋出油脂，肥肉的本身就不再油膩。但你若還貪那一點油脂的快樂的話，一鍋的蹄膀滷汁，仍然可以讓你有拌飯拌麵的機會。

為什麼要用南瓜？為什麼要將那麼一大塊蹄膀，切成一小塊一小塊分食呢？

南瓜一直都清熱解毒，南瓜泥經過溫度後的口感，會讓每一口蹄膀綿密溫暖，更有在享受肉類的同時，還可以重溫用湯匙挖食瓜類的美好記憶。而且，在南投山裡的南瓜那麼甜美，怎麼可以不讓它也一起加入這道美食演出。

我在梅園裡找到一堆漂流木，聽說是村裡的原住民帶來要為蔡大哥蓋涼亭用的。我中意這些漂流木的年輪，我想，它該是這盅「南瓜煨梅蹄」最好的桌子，因為有時間的記憶，也有一些「再生」的活力！

南瓜煨梅蹄

材料：

蹄膀	1 顆
陳年梅子	8～10粒
南瓜	1 顆（可視用餐人數而定，1 顆南瓜為 2 人份）
耐熱塑膠袋或是可蒸煮用的封閉碗。	

調味料：

冰糖	2 湯匙
薄鹽醬油	3 湯匙
陳年梅汁	些許
蒜頭	8～10 顆
蔥花	些許

做法：
1. 先將蹄膀以熱水川燙。
2. 將川燙過的蹄膀放進已熱的油鍋，煎至蹄膀表層有酥透感，隨即起鍋。
3. 用熱油將蒜頭爆香，爆香後將冰糖倒入。冰糖會越煮越結成大塊狀，
   並產生黏稠感，這表示冰糖已開始溶化，此刻可將醬油倒入，並隨即把陳年梅汁倒入。
4. 將炸好的蹄膀放入這鍋冰糖滷當中，並放入適量的水，蓋鍋以文火燒煮 2 小時。
   一小時後將蹄膀起鍋，放入耐熱塑膠袋或是可蒸煮用的封閉碗，
   放入 4 顆梅子，蒸煮 2 小時。
5. 南瓜切半，並將南瓜果肉取出，蒸煮半小時。
6. 南瓜蒸煮後搗成泥待用。
7. 蹄膀與梅子蒸煮完畢後，再依客人人數分配，放入南瓜盅內，
   並放入蒸煮好的南瓜泥，灑上蔥花即可上桌。

千歲煨麵酸辣帶甜的醬汁，
到底怎麼表現？

我看著繩索麵條從「醒麵」階段慢慢接近尾聲，煮麵的水也剛
起火，心想這碗麵的酸辣度一定要有些讓人回味的地方。

古姊的陳年梅汁真的酸中帶甜，並且因為它的獨特釀法，讓梅汁跟其他食材配在一起時，
不但提味也不會搶走原有食材的風味。

當我想再次好好品嚐時，卻發現了一個新的口感，就是它的膠稠狀，在舌尖及口腔內非常
滑順。

我想到如果麵條能沾上這種膠稠度，在嘴裡咀嚼時，一定饒富滋味，更何況，我們的每根
麵條都那麼帶勁。

我接著把新發現的「鳥不踏」撕入梅汁中，果然辛辣的嗅覺及味覺依然，更多了一點葉子在口中的脆嫩感。

如果就讓它成為一碗「素麵」也不錯。

我在廚房裡找到了來自日本的「昆布汁」，這是一個可以取代薄鹽醬油跟味精的好調味料，也可以在加入一些水時，仍能維持湯汁的鮮美。

接下來不管是熱食或冷食，我想，這碗「千歲煨麵」都可以讓人心動。

古信發此刻異常安靜，他正準備另一個鍋，好等麵條半熟時，用來煨煮我的「千歲醬汁」。

「你需要這個嗎？」蔡大哥從梅園的一棵櫻花樹上摘下一枝早開的櫻花。

瞧，我早說過，蔡大哥就是那種導演最愛用的實力派內斂演員，話雖不多，但每一開口，每一動作，都讓觀眾印象深刻，甚至為這部片起了一股力量。

千歲煨麵

材料：

麵粉	半斤
紅蘿蔔	2條
菠菜	2把

調味料：

鳥不踏	3～5片
陳年梅汁	3匙
昆布汁	2匙
紅椒及蔥末	
（素食者可將蔥末以香菜取代）	些許

做法：

1. 將紅蘿蔔及菠菜分別打汁待用。
2. 以紅蘿蔔汁及菠菜汁分別用來揉麵，過程中亦可加水。
3. 揉成條狀之後，將兩種麵條捲起。放在一旁以濕布蓋好「醒麵」20分鐘。
4. 將鳥不踏撕碎與陳年梅汁及昆布汁混合，待用。
5. 「醒麵」後，待鍋中水煮開，將麵條拉細放入鍋中。
6. 麵條煮至半熟，撈起，與第4項在新的鍋中煨煮片刻，可讓調味汁沁入麵條內，起鍋，即可食。

我猜想他能「透視」每寸土地上植物的來源，它的香氣、滋味，以及出生和死亡。

我看著鏡頭裡的蔡大哥，一一地跟君豪細數這片梅園裡的所有植物，我不再懷疑這對夫婦為什麼可以在這片土地上，這個土石流的故鄉留下來。

我想起前幾天古姊跟我說她在台北念書的女兒對她的請求。

我說，是生活費嗎？

她說不是。她說她女兒希望將來古姊跟蔡大哥絕對不要去台北開餐廳。

古姊問她為什麼？

「因為到了台北，你跟『拔』（爸）就會變了！就不會有在這邊做菜的感覺跟快樂了！」

她現在在台北攻讀家政系，也是一個愛做菜的女兒。

我不知道這位小姐說的話會不會成真，但我真的捨不得離開在「山中廚房」做菜的感覺。但因現在有了「南瓜煨梅蹄」、「一帆風順」、「千歲煨麵」，就算我回到台北，飛到北京，只要我進了廚房，就能讓這個地方回到我身邊。

我真希望古姊跟蔡大哥能因為他們的菜「富有」，但對於「富有」的定義，好像真的每個人、每個地方都不同。

在我的身上不同，在君豪身上也不同。

此刻，君豪拿出蔡大哥的計算機按出幾個數字，數字對我們的工作來說，很容易反映些道理。

「17604」

「17604」是這片梅園的坪數，在這裡都是幾公頃的地，君豪換算成坪的單位，馬上讓我了解這裡的大小。

你的「17604」會拿來種梅花嗎？會拿來種「鳥不踏」嗎？會讓你的狗盡情地奔跑嗎？會讓它只有一間大廚房嗎？

「有個很好玩的遊戲！」 蔡大哥問我們想不想試試。

「山裡有一種樹的種子，像竹蜻蜓一樣。」

「我知道，我拍到了，你看是嗎？」我想起前幾天信義鄉農會種「斷木香菇」的黎皓，帶我們去神木村時，路上巧遇一輛工程車，那台車正在「**搖樹**」，於是滿天飛舞著樹的「**葉子**」，其實那不是葉子，而是樹的種子。我把電腦裡的照片秀給蔡大哥看。

「對！就是這個！」

這是林務局在蒐集種子，他們蒐集後，再用直昇機到山裡頭飄撒，好讓已經崩壞的山，能有機會再長一些樹木出來。

我們仔細看著照片裡的種子，真的很像兒時的竹蜻蜓，但也好奇這是什麼好玩的遊戲。

「就是許願望的遊戲！」蔡大哥的眼睛笑到瞇了起來，他似乎非常開心要跟我們分享這個東西。

「你可以把你的願望寫在一張小紙條上，願望能不能成功，不是在於寫得多，而是要簡單清楚。寫好後，就把它綁在種子上，然後再一起去爬山，爬到山頂時，把種子往山下丟，這樣你的願望就跟這顆種子一起落在土地裡發芽了，將來會跟樹一起長大。」

真的太好玩了！
我跟君豪大呼過癮，但明天就是我們要離開的日子，根本沒時間去山頂了！這真令人遺憾，而且想到這種子還要再往「神木村」的路上去找，就更帶了一絲恐懼。
這遊戲到底多少人玩過？
有多少樹木，是帶著種樹人的願望長大的？

傳說中，森林裡的樹木
會在每個夜裡
發出沙沙的聲音
那些沙沙的聲音
是呼喊著當年種下他主人的名字
被呼喊著的名字
將在祖先的保佑下
繁衍世世代代

我念著日記裡曾經為某個客戶寫下的廣告文案給君豪聽，他大笑！
我問他笑什麼？
怪了！他死都不說。

我們剛剛吃完在這邊的
最後一頓晚餐。沒有半個人提到明天的事。

我跟君豪一直要蔡大哥再想一個遊戲能在今晚跟大家一起
玩，但心裡也知道不可能，因為天都暗了！現在天黑得那
麼快，我心裡開始擔心明天的回程，因為從南投山區騎「直
線加速之王」回台北至少要四、五個鐘頭，我實在不願意君
豪跟我在未來四、五個鐘頭都在黑夜裡趕路。所以，今晚真
的不能太晚，而且「真和園」的「蕃仔和」說明天中午若不
吃他為我們現殺的山雞，他以後絕對不讓我們回來。
「我們還是回去好了！」我說這句話時，大家都感覺了突
然。正好蔡大哥燒的一壺開水也開了。
「好！我再教你們一個遊戲。」
「阿奈賺到囉！」君豪馬上跳起來，拍了一下手。他完全不
擔心後天他要一早飛去上海。
「ㄟ，但是不能去爬山喔！」君豪馬上補充，算他還清醒。
「去梅花園好了！」蔡大哥起身，我們提著他的鐵皮燈籠往
梅園走去。

海拔900的高度，早晚溫差蠻大的，夜裡的梅園像是樹上積
了白雪。月光指路，小狗又在後頭陪著，我想浪漫的遊戲真
的要開始了！
「你摘一朵！」蔡大哥要我跟君豪摘梅花，可是，太難摘
了，梅花瓣又小又輕，動作必須非常仔細，才能把一朵朵
花瓣摘下放好，一不小心，一整棵梅樹的花都會被抖落。
這個遊戲開始了嗎？我心裡暗忖。
「你聞聞手心花瓣的味道！」蔡大哥把燈籠靠近我跟君豪
的手掌，君豪一馬當先，就在他呼吸的那刻，所有花瓣全
部飛了！

我們兩個馬上傻住了，剛剛費心摘的梅花瓣全飛了！

「快聞！現在再聞一次！」蔡大哥開心地說，完全不在意花瓣飛走的意外。

果然，聞到了，比一進來這片梅園聞到的更清楚，那種無法形容的「暗香」。

連外套的袖子，都還會留著的「暗香」。

蔡大哥說接下來就不讓我們聞了，我們要把更多的花瓣摘下，用鮮嫩的花瓣，泡一碗茶。

這時君豪開始安靜，他是雙魚座的，這些天的一切，在他心裡，一定有一種不可告人的化學反應。但是台客天生就好像沒有那種吟詩作對的權利，也沒有什麼可以表現牽腸掛肚的話語。如果今年聖誕果真就該是他的婚期，現在在梅園裡的暗香，一定讓寂寞變成了享受。

我也不說話，也忘了把相機拿出來，還好沒拿。

我看著蔡大哥的燈籠，跟著他的腳步聲往回走。進屋子時，古姊都把碗洗好了，她居然也沒問好不好玩，大家都很安靜。

蔡大哥把花瓣放在壺裡，用爐子把水又熱了一遍。熱水咕嚕咕嚕地叫，聲音越來越高地穿過茶壺，香味又慢慢起來了。

「有點杏仁的清香，對吧？但又沒那麼嗆。」蔡大哥分給我們一人一杯。接著拿出一小罐梅花，但顏色較深，他說，這是他摘完後曬的。曬過的梅花瓣，又有另外一種果香，有點梅子的果香，酸中帶甜。

好寂寞啊！

好個寂寞啊！

是什麼人可以嚐到這種味道，在花瓣細細摘下後，又讓它飛走，

追隨「暗香」的同時，又能品嚐「暗香」？

這跟黛玉葬花的悽楚完全不同，男人葬不了花，還成全花，欣賞

離去的「暗香」，甚至追隨。

我想給這碗茶一個名字 —— 寂寞餘花。

不是感覺太寂寞，是知道寂寞，是場好寂寞。

君豪不見了！

早上8點醒來後，我發現君豪不見人影。到現在，已經是早上十點半了，他的「直線加速之王」也不在「真和園」。

蕃仔和來催了三次，說等一下一定要一起吃烤放山雞，我說沒問題，但是我真有點擔心，因為在山裡，老天爺是可以讓什麼事都發生的。

如果**10:50**還沒回來，就報警吧。

10:34，農會一通通打來說再見的電話，迪陽說元旦還會再唱一次跨年聖詩，希望我跟君豪能來，我說盡量。**10:41**，古姊說還是幫我跟君豪準備了兩道菜，要我們出發前一定要來拿，或是我們用宅配寄回去。

10:44 蕃仔和說：「啊你那個朋友是跑去哪邊啊你。」**10:46**我打給君豪，沒訊號。

10:48還是沒訊號。連我的訊號也不是很好。**10:50** 我又看了一眼我跟君豪的行李，想報警了。

10:51我聽到了那個最熟悉的低頻聲音。

君豪回來了，而且笑得跟什麼似的。

「啊你是跑到哪你啊你，沒死喔你，啊人在這等是不會擔心是不是？」蕃仔和一連串的破口大罵，聽得我心裡真爽。

君豪衝到我前面，拿出他的手機面對我。

「你看！」

手機裡是一張他的「直線加速之王」跟「神木村」的那棵神木拍的照片。

接著，還有兩顆樹的種子。

這就是一個「雙魚座台客」的心機嗎？

這就是那天我們去神木村時，他一直默默不語回頭張望的計謀嗎？

這就是當我跟他在梅園說那些森林的廣告文案他大笑後心中的想法嗎？

「謝了！」君豪說完把種子給我，然後喊著：

「蕃仔和，烤雞好了沒？」然後一溜煙就跑了。

我不是雙魚座，但真的有點感動，因為感受到我一直很受不了的那種「台客的浪漫」。

我們離開信義鄉的那晚是月圓，

月亮大得快掉到右邊的村子裡去。

君豪應該看不見吧，因為我記得他說騎這種重型摩托
車，在直線加速的情況下，視線只能一直看著前方，
而且不能看得太廣，要聚焦，也就可能是越來越窄，
這才能把握到整部車的加速度，身體也將會跟這好幾
百斤重的鐵成為一個像無敵鐵金剛的身軀。

我顧不了是不是跟他可以成為合為一體的鐵金剛，我
只想望著月光。

果然出事了，一陣巨響，停車回頭時，我們跟剛才發
生巨響第一現場整整相距了五十公尺。我們下車，君
豪無聲快步地走過去，蹲下來撿起了一塊東西。

原來是車牌。

他將它高舉對著我笑，我則指著天，指著月光，他望
著有五秒之久。

明天晚上君豪將在上海，他手機傳來的上海簡訊說是上海昨天就下雪了。
明天我要跟廣告公司開會，準備客戶年度的形象廣告。
明天之後，我們將會至少半個月碰不到面。

Part 3
太魯閣

「我一直記著你的提醒，不要貪看路上的風景，千萬不能回頭。」

君豪帶了一身寒氣進來。

「真的太恐怖了！愈晚峽谷愈恐怖。」他說得沒錯，這個峽谷到現在都還有許多恐怖傳說，但一點都阻擋不了來自世界各地的英雄好漢。

太魯閣峽谷至今都還流傳著有人突然消失，最為人熟知的是一個外國人，白天還他的背包還放在住宿的教會裡，十幾分鐘後，人就再也不見蹤影。他媽媽特別來台灣找他，身上掛著相片在花蓮市街上到處詢問，沒有人可以幫得上忙。

日據時期、經國先生時期的開路工程，也犧牲了很多開路英雄。

天祥京華酒店旁的祥德寺，當年就是有感於峽谷內陰氣太重，安放了地藏王菩薩，這一安放，便成為全世界最高的一座地藏王菩薩。

我們趕到天祥京華酒店時已經是晚上七點，君豪停車後才發現油不夠，趕緊又回到太魯閣出口去加油，否則明天一早在峽谷中推車，可不是鬧著玩的。

今天從台北出發，已經騎了六小時山路，繞得我現在躺在床上都還覺得身體是彎的。

「天啊！太爽了，立霧溪就在我們陽台旁邊耶！」君豪推開陽台門，溪水川流聲立刻灌入房內。

「我們開點暖氣，然後陽台門不要關，聽一整晚的溪水聲好嗎？」君豪提議。

這是旅程到目前為止，第一家入住的五星級飯店，也是我的堅持，因為我想讓我的好友今晚能好好休息，明天一早，我們就要去尋找從前賣金針湯的路邊小店，這是我們這趟旅行的初衷。不論明天找不找得到，我都該好好謝謝君豪這位夠義氣的好朋友。

「對了！我跟飯店訂了一頓很棒的香草大餐，明天晚上就殺到台東，後天一早就坐船去蘭嶼啦！」君豪得意地在房裡邊走邊說，浴室的蓮蓬頭打開了，浴缸的水也呼嚕嚕和著立霧溪水聲合唱著。

「你為什麼那麼想去蘭嶼啊？」我問。

「因為看了你拍的紀錄片啊！那個『誰會為誰停留』，我到現在都還很給他深刻說。」

君豪指的是去年我在蘭嶼拍的一部紀錄片，我想『誰會為誰停留』的概念，
可能跟那時我很怕「誰就要離開我」有些關係。
「誰」，就是我爸！

「還有啦！我想去你拍的那個海游泳，影片裡的蘭嶼小朋友不是說嘛——
因為天空是藍色的，海也是藍色的，在海裡游泳就很像在天空游泳一樣。
而且可以看到海的山，還有飛魚……」君豪把蓮蓬頭的水關掉，躺到泡澡
的浴缸裡。

「我是一個沒有童年的人！你拍的那些小朋友，讓我很
想去蘭嶼感受一下。我喜歡游泳的快感。你拍的海，讓
我很有安全感！越是喜歡游泳的人，其實是更怕水也更
懂水，你的海真的……」

我從冰箱拿出一罐冰啤酒給他，然後兩個人在浴室乾了
一口。

君豪從小就是全永和
跑得最快的小朋友，
或許這是遺傳到他當
體育老師的爸爸。

我在快喝醉前幫他拍了幾張「運動員身材」
的照片，他說，明天換他幫我拍寫真集，因
為這裡我是主角。

從小他就在比賽，自己一個人騎腳踏車練腳力，自己在公園拉單槓。因為是體育老師的兒子，所以不能拿第二名。他說運動員的第一名跟第二名差的不是分數，是「秒數」；比的是專心並且是整個身體的專心，整個身體跟腦子都不能聽到噓聲、加油聲的專心。

這半年騎著「直線加速之王」是君豪頭一回長時間「載」一個人，並且我們必須配合得很好，不然容易翻車。君豪說今天這6個多小時的山路，該頒給我一個「全球最佳乘客」的金牌，他說這比接力賽跑的難度高，也比雙人溜冰跟雙人水上芭蕾難度高，因為我太配合了，頗能給他一點信心。

我想是他給我信心。
我只是很會作夢罷了！

醒來後，我到陽台拍下了右邊這張照片。

昨晚我真的夢到我爸了！

我們坐著一部公車，到了一個不知名的地方。我先看到了一個峽谷，而這峽谷裡居然有一座湖。

我大叫跟爸爸說：「爸你看，好美的湖喔！」那湖水透綠還帶著一些牛奶的白，幾個黑不溜丟的小孩在水裡嬉笑著以及浮潛著。

我爸得意地笑，又是一副那種很棒，又不得了的帥。

然後他跟我說：「你看，爸爸就是要帶你來這個地方。這個地方、這個湖，可比你看的那些什麼人工的好多了！」

我看著爸爸那麼帥的表情，也看著那座湖，心裡心服口服。

爸爸真的就是不一樣，就是讓我不得不依靠著他。我抓著他的腿撒嬌，才發現，糟了！是夢。

因為，我像個孩子一樣，做出了撒嬌的動作。我小小的手抱著他大腿的依賴感讓我發現是夢。

然後我爸說：「快拿你的車票啊！要下車囉！」我趕緊抓我口袋的車票，糟了！不見了。

湖裡孩子的笑聲越來越大，我爸開心地跟車裡的人陸續下車，然後夢醒。

爸，若你真的在那座湖，我就放心了。

我真的想你！只是不能再有撒嬌的權利了。

等下就會喝到那碗金針湯了！

不過，不知道是因為夢，還是「香草大餐」的香草魔力，我已經沒有之前的擔心憂鬱，但我看著君豪，我總覺得，他為我或者不知什麼在擔心著！

「沒了！真的沒了！」

現在是早上10:00。

我們很快就找到答案了。一張整修通告貼在門外。或許早一個月來，我就可以買到，但現在我不能再往這個死胡同裡鑽了。

「謝謝！」我轉身時，發現君豪幫我拍了好幾張照片。

看著相機的畫面裡有個電話亭，如果可以打通，我真想問一下我爸，是這裡沒錯吧？我還想問爸爸，現在過得好不好？就算這次沒喝到那碗湯，至少我們以前喝過啦！

對吧？爸！

風　因為森林而停留
海浪　因為潮汐而停留
流星　因為許願的人而停留
你
會為了什麼而停留

摘自李鼎蘭嶼紀錄片——《像飛魚一樣的禮物》

我很難忘記這張照片，這張照片好像
有個聲音，但不像從君豪身上發出來的，
好像是一個在哄小孩的爸爸說：
「走啦！回家啦！」

Part 4
富岡漁港

「還是沒確定船開不開。」

君豪掛了電話，又一架飛機呼嘯而過。富岡漁港旁還有一座軍用機場，今天早上至少飛了5架。

「君豪，我教你一個許願望的方法。」我看著剛飛過去的飛機說。這個許願方式，是開飛機的爸爸教我的。

「你先把一隻手舉到天空上，當飛機一飛過來，你就讓它從你握緊的手心飛過去，這樣就算是你已經抓到一架飛機了。如果你抓到100架，你的願望就會實現！」

「真有那麼準？」君豪才一問完，馬上又飛了1架。他反應快得不得了，馬上就抓到了。

「哇哩咧！真爽！只剩99架！」

漁港沒什麼人，就剩我跟君豪及一堆狗在碼頭上等著！

這是三月底，還沒到出船的季節，我們是今年第一批去蘭嶼的船客。

1分鐘後，又飛來1架飛機。君豪說現在只剩98架了！

這些狗，一定覺得我們夠了吧！

下午3:00聽説海浪小了點，船長為了我們跟一位同樣想去蘭嶼的電視媒體請求，破例開船。
當「直線加速之王」在徐徐海風下吊在天空時，所有在場的人都拍手叫好。「直線加速之王」
好像也有一種最佳男主角的表情。

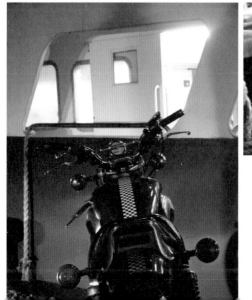

198

5:20pm，海浪毫不留情就變大了，整艘船被海水打入多次。船不像是在水上行駛，
完全像在巨石上翻滾。「直線加速之王」已被海浪沖刷10多分鐘。

晚上9:30，比正常時間多花了一倍的時間才抵達蘭嶼，「直線加速之王」在18分鐘
的搶救後，宣告陣亡。

Part 4
富岡漁港
4-2

「那把他綁起來好了！」

居然有人提議要把君豪綁起來！

綁著君豪，讓君豪騎「直線加速之王」，然後用小發財車拖著君豪，這樣
「直線加速之王」就因而跑起來，進而能夠發動。這真是荒謬。

剛剛「直線加速之王」經過熱水沖洗後，仍然沒辦法導電，車頭又被懸吊的繩索弄彎，來接我們的蘭嶼原住民「姆里塔」跟君豪倒是非常安靜地觀察「直線加速之王」是否有重新導電跟發動的可能。

我停下拍攝的工作，本以為抵達這一刻，會是光榮興奮。現在一樣吸引眾人目光，卻伴隨著更多搖頭、嘆息與「早知道會這樣，就不該……」的說法。

蘭嶼港口的黑夜，海風跟人聲一樣大，卻沒人聽見我跟君豪心裡的聲音。

「謝謝，沒關係啦！我自己來就好！」君豪以他憨傻的笑容回應陌生人的意見。每個人都跟他說：「可惜喔！」「多少錢耶！」若不是因為君豪現在的笑容，我真想把那些陌生的關心統統趕走。

「我們還是試著拖車回去吧！」君豪跟姆里塔這麼說。他們相見還不到20分鐘，現在卻很有默契一起打這場硬仗。

「我去弄條繩子。」話一說完，姆里塔就跑去船上跟船員借繩子。

姆里塔是我去年在蘭嶼認識的原住民，他在我拍攝蘭嶼的紀錄片時，給我很多幫助。他的幫助，主要來自他的觀點，他讓我這個「被馴化」的都市人，感受到什麼是「原始的」浪漫。為什麼姆里塔可以那麼了解「外地人」對蘭嶼人的看法？我想有一個很美的原因，因為他娶了一個從小就想嫁給原住民的女孩，那女孩嫁給他後，也取了一個蘭嶼人的名字——「女人魚」。

現在，姆里塔的安靜配合讓我非常有安全感，我也跟著安靜，等待君豪的任何一個命令。

繩子綁在「直線加速之王」的頭上，這是我第一次發現這台車子好像有了表情，表情不是「痛」，而是很「堅毅」。

眾人散去。姆里塔發動了他的小發財車。他說，「女人魚」預產期快到了，她很期待我們這次到來，所以她想等我們回台灣後再回台灣生。我一聽，心裡非常不好意思。

「你們這次真的要去『天池』？」姆里塔問我。

「一定！」我很肯定地回答。

君豪準備好了，我們開始出發。全島一個紅綠燈都沒有，當然路燈也不會很多。一會兒，我們將經過一個叫「斧頭坡」的地方，那裡是一個碎石坡，如果過了這個坡，接下來的路，就會比較好走。

君豪給了一個微笑！

那個微笑，更讓我擔心了。

果然，在斧頭坡的第一個10公尺路段，我們聽到君豪發出非常大又淒厲的喊聲，我立刻回頭，君豪居然在我的視線裡，整 —— 個 —— 人飛出「直線加速之王」車外，「直線加速之王」倒地，接著整台摩托車引擎發出野獸般的怒吼。

Part 5
蘭嶼

「有沒有怎麼樣？」君豪站在陽台上問我。

今天的蘭嶼，看起來是黑白照片。

「應該我問你有沒有怎麼樣才對！」我回了君豪一句。

君豪沒事，昨晚他那聲淒厲的叫聲，是因為他發現「**直線加速之王**」的前輪已經把拖車的繩子整個捲入。他知道輪子捲入繩子的下一步是什麼，如果我們的小發財不停車，整台「**直線加速之王**」會跟著君豪一起被拖在斧頭坡的碎石路上，而若我們一直沒發現的話，拖到民宿，君豪可能就……

幸好君豪沒事，而且連一點擦傷都沒有，果然是「體操選手」的身手。

昨晚的結局是，當「**直線加速之王**」倒在碎石坡上時，同時也發出了「野獸般怒吼」，這是因為「**直線加速之王**」的油門卡在碎石土裡，碎石幫忙油門做了最極限的「催油」。這個怒吼，把「**直線加速之王**」先前被灌入的海水全部從排氣管裡徹底噴出來，電瓶也在那刻回神，「**直線加速之王**」再度與我們同在，它爭氣地成為姆里塔說的──蘭嶼有史以來第一部重型摩托車。

樓下「女人魚」已經播放「Bossa Nova」的音樂呼喊屋子起床。

但現在的天氣真的讓所有人跟狗一樣，都想發懶。

「下來吃早餐嗎？」女人魚挺著大肚子上來，我真心想謝謝她留下來教我煮菜。因為，蘭嶼的女人都希望自己肚裡的小孩能在「台灣」的醫院出生，更不用說「女人魚」是個遠嫁過來的台南女孩。

「看來今天蘭嶼會變成『關島』──『關閉之島』。」我聽了女人魚的話,兩人大笑。遠處機場的風球飛漲得老高,現在蘭嶼風大,卻吹不走烏雲,連雨都開始飄了。

「怎麼辦?我好擔心你拍不到大家心目中蘭嶼的樣子!」女人魚說,今年的天氣全變了,連她跟我們承諾的「飛魚」好像也遲到了。她擔心五天內天氣都不穩定,甚至,連飛魚都會沒有。她還四處幫我打聽出海捕飛魚的漁民近況,還想先去跟一些已經捕到飛魚的原住民,買一些飛魚來幫我存著。

這個早上,所有人都在為我的夢想擔心。我在想,我是不是做錯了什麼?

Part 5
蘭嶼
5-2

「我游給你看！」

君豪很快衝到海裡，他説今天乾脆讓我拍他游泳吧，因爲他已經等不及想衝向這片海洋了。

我知道自己的手有些發抖，但不知道爲什麼。我按下快門，心裡一直跟君豪説：「謝謝！謝謝！」我發現給自己太大壓力了，我再回頭想跟君豪説手發抖的事，但君豪站在海面的一塊石頭上，他説水突然變得有點暖，問我要不要下來！我搖搖頭。

他説：「那先拍一張吧！」

我説：「好！」

海浪在君豪深呼吸跟我也深呼吸的同時，打出了這張照片的樣子，君豪像極了一尊神像。

「快看，你看那邊！」我順著君豪指的方向 —— **一道彩虹**。
「耶！太陽！太陽！」君豪在海裡喊著。
我真的拍下了這裡的彩虹。很奇怪，突然手也就不抖了。

後來，蘭嶼終於飛了 2 班飛機。

蘭嶼是全世界少數剩下幾個沒有紅綠燈的島。我們因為一頭羊、一頭豬，開始踩了煞車。

再一個轉身，我們發現了一隻蝴蝶。後來證明，牠就是全球所剩無幾的珠光鳳蝶。

蘭嶼 龍頭岩

這是蘭嶼情人洞，海蝕的洞門，傳說是蜘蛛精鑿的，因為他想捕捉一隻美麗的鳳蝶。鳳蝶為了一個
蘭嶼男孩，逃脫蜘蛛精的魔網，化身成人，與男孩相戀。但誰不妒嫉仙、人相戀呢？蜘蛛精來報復
了，結果兩敗俱傷，男孩與鳳蝶死亡的那刻，居然化成一灘血水，接著就在岩洞內形成一個深潭。
潭水溢出來，順著洞口向外流去，很快就流成一條小溪。不久，小溪兩旁長出一種花枝，開出的花
朵像一隻隻大蝴蝶，美麗極了。島上的人們說，這種花是蝴蝶姑娘變的，所以，都管這種花叫蝴蝶
蘭，這個岩洞從此叫情人洞。

每一個地下屋的建設，其實都是為了與大自然和平共存。因為每一個小島，都有被
海嘯或颱風淹沒又活過來的歷史，蘭嶼的祖先發明了地下屋，讓海浪就算打上整座
村莊，海水也會順著地面上的屋頂滑回海中。冬暖夏涼的地下屋，更滿足了蘭嶼人
躺在屋頂上「看星星曬月光」的浪漫。

Part 5
蘭嶼

5-3

「眞的找不到丁字褲可以穿嗎？」

姆里塔瞄了君豪一眼，我跟女人魚一邊削地瓜一邊笑！
我不知道君豪為什麼**那麼**想穿丁字褲，我看姆里塔的
表情，他大概也很想知道！

「沒穿丁字褲好像沒有真正來過蘭嶼，真的！」君豪很
認真又解釋了一次。

「啊！其實我這一輩子也只給它穿過四、五次而已。」
姆里塔很快回了君豪一句。

「沒有啦！其實現在蘭嶼人都不太好意思穿了……」女
人魚也很快回應。

「什麼不好意思！你不要亂說。」我一聽姆里塔接得那麼快，真的忍不住大笑起來。

「我是怕現在做丁字褲的人已經太少了，而且，我又不知道『台客』的大小，要是借不到，先答應了人家怎麼辦？人家他們是來工作，我們話不能說得太滿，要是給人家把事情搞壞了，這樣很不好。」

此刻，我覺得自己削的好像不是地瓜皮，好像在削他們三個人似的。

「沒有啦！姆里塔，我跟台客隨緣啦！你不要壓力那麼大！如果真的不方便，台客不會在意啦！」

「嘿啦！」君豪非常不好意思地傻笑。

傻笑才一笑完，姆里塔就走了。速度很快喔！快得讓我們望著他身影消失的地方，一下子回不了神。

「沒有啦！姆里塔是個很直的人。原住民都是這樣的，你們不要放在心上，他是把你們當好朋友，怕做不到讓你們失望啦！」我看君豪頭還望著姆里塔身影消失的方向，不明原因地，我老想笑，可能是直覺——結果一定會有丁字褲穿，我想笑的是這兩個男人的執著吧！

姆里塔發動他的摩托車，一條滿臉落腮鬍叫「小色狼」的狗，跟著姆里塔的車一起跑了。

「ㄟ，那我們等下吃的這個麵叫什麼？」當君豪試著轉移話題時，我真的就笑出來了。

「就是簡單的地瓜麵啦！因為我想讓你們嚐嚐蘭嶼人傳統的食物，地瓜。而且，**在蘭嶼人飛魚祭出海捕飛魚前，吃一些地瓜，也會帶來好運。**」

「喔！讚！那我要多吃點！」君豪這種開心根本就是在化解自己的尷尬。

「其實這碗麵已經加了台南人的口味了！」我說這句話時，女人魚露出甜蜜的微笑。

台南人出了名會做美食，並且在當地美食中，永遠都會有一點說不出的「甜味」，就算是鹹的東西，也會「鹹中帶甜」。

現在用「地瓜」來煮一碗豬肉麵，女人魚一定有征服老公胃的甜蜜。

說起女人魚的微笑，我記得第一次看到她的微笑，是在她賣東西的攤子前，我說「那介紹一下你老公吧！讓我們看一下啊！」的那刻。

然後她就用更甜蜜的微笑回答說：「看了會很失望喔！」

我心想，這微笑一定因為這老公帥透了或酷斃了，結果，當姆里塔一出來，我們所有人都嚇了一跳。

「不要以為我老公是菲律賓人喔！」然後，姆里塔憨憨地摸一下自己的頭，很大方地說：「啊 —— 歡迎你們來蘭嶼。」

姆里塔確實跟我們過去見過的原住民不太相同，我記得去年姆里塔跟我說，他去台南岳父家裡吃飯，大家一開始真的都以為他是菲律賓人。

不過，蘭嶼歷史裡，是真的有菲律賓人的一些文化遺跡。

「我是看他人那麼好，沒人要，才會可憐他，嫁給他的。」女人魚說這句話時笑得更甜了。

今年的這個甜，多加了一些媽媽的味道。

「你真的從台南嫁過來喔！」君豪不知道這段歷史。

「嗯！其實我從小就想嫁給原住民。」

「真的嗎！」我也是第一次聽她這麼說。

「小時候，有一次我跑到山裡看到一個讓我非常感動的畫面，有一個原住民揹著小孩在做菜。我從來沒看過男人揹小孩的樣子，更不用說，還一邊拿著鍋鏟炒菜。

從那次之後，講出來不怕你們笑，我會常常看到山，就會認為，山裡會有一個能給我安全感的男人。」女人魚說這些話，讓我想起昨晚，姆里塔在港口接我們，然後陪君豪一起面對「*直線加速之王*」最後急救的那些表現。鎮定、安靜，用默默的行動，接受君豪的每一個口令。

這種男人，是真的不多了！

甜甜笑地瓜麵

材料：

地瓜	3～4條	依人數而定，約1人1條
豬肉片	1 盒	
蝦仁	少許	
油豆腐	3 兩	
香菇		
紅蘿蔔		
白麵條	1 包	視情況而定

調味料：

沙拉油	3 大匙
鹽	少許
油蔥	1 碟
高湯或高湯塊	

做法：

1. 將高湯塊煮熱待用。

2. 將地瓜削皮，切成塊狀──地瓜塊的大小，影響湯汁的濃稠度。
   喜喝甜湯的人，可將地瓜切小，好讓地瓜溶解迅速。反之，則可享受地瓜
   鬆軟口感，視個人喜好而定。

3. 熱油鍋，熱鍋後開中火，下油蔥爆香。接著將切好的地瓜油炸，外表炸成
   金黃後放入高湯。

4. 以中火持續悶煮，放入油豆腐、香菇、紅蘿蔔。

5. 待紅蘿蔔煮至熟透，放入豬肉片及白麵條。

6. 麵條半熟時放入蝦仁。

7. 蝦仁紅透時，關火，上麵。

我們在一個酒吧的門口看到這張用色鉛筆描繪的老婦人做招牌的畫面。女人魚說，這酒吧叫做「部落酒吧」，也是一個年輕的台灣女孩跟一個俊俏的蘭嶼男孩開的，並不是一對老夫婦喔！

我想，這個「望海的蘭嶼老婦」畫像，一定有一個讓這對年輕戀人衝動的理由，好讓他們當成一個酒吧的小招牌。

想找到那個城市心裡最渴求的衝動，就去看那個城市的招牌。蘭嶼的招牌不但原始而且少了很多文明的包裝與修飾，但那種原始，不就是「感情」嗎？你最原始的那份感情，現在還依然會被打動嗎？你的衝動，現在都給了誰？還給過你自己嗎？

「開門！開門！」

我跟君豪在海邊一座小白屋前敲門，因為剛才看見一個女孩在刷油
漆，而且又標示著有賣啤酒，怎麼不開門呢。明明女孩就在裡面。

「幹麼啦！叫什麼叫！」
這女孩回話的聲調，讓我有一種會在她這邊發生很多事的預感。

「你們幹什麼，我今天已經空一整天了，不要叫我現在又
要開門！要就只有啤酒！」
而且，她不是蘭嶼人，她絕對是個外來的女孩，很悍的感
覺，跟台客有得比的「台妹」。
「只有可樂娜！」馬上兩瓶冰到有霜的可樂娜「噹」地站
在眼前。
「台妹」名叫「小豆子」，店名叫做「豆芽菜」。
我跟君豪聽完後相視而笑，然後，轉頭看著我們的海洋。
「ㄟ！很沒禮貌ㄟ，那你們叫什麼？」小豆子喊著問。
我說：「他叫台客，我叫野狗。」她說不行，來蘭嶼得要
改一個跟這裡相關的名字，要跟她一樣，因為她也是來蘭
嶼才叫「小豆子」，以前的事跟身分來這邊都要忘記。所
以，我就改名叫「海狗」，台客改名叫「海台客」。
「妳真酷，那邊的幾根木頭是要做什麼用？」我看著小白
屋旁邊四根立在地上的漂流木枝問她。
「給你遮太陽用啊！你要是白天來，可以睡午覺，我會用
布幫你遮太陽！」
小豆子似乎對我的興趣不及「海台客」來得大，因為，她
一直想知道為什麼君豪叫做「台客」。君豪就是不理她，
我看「台客」就是有對付「台妹」的方法。

「你們很怪喔！」小豆子說。

「哪裡怪？」還是我負責回答。

「因為你們兩個跟別人都不一樣，都不會問我『10個問題』，居然只問我旁邊的木頭做什麼用？」小豆子也開了一瓶冰成霜的可樂娜，就坐在君豪旁邊。她的手指及腳趾都是藍色加白色的油漆，還不時瞪著我的鏡頭，觀察我在拍什麼。

「什麼10個問題？」我繼續負責應對，並且持續捕捉我的畫面。

1. 妳從哪裡來？妳不是這裡人吧？　→ 她從新竹來。新竹人。
2. 妳原本在做什麼？　→ 在竹科工作，是個竹科人。
3. 來這麼遠的地方，妳爸媽會怎麼想妳？　→ 如果嫁給原住民就不要回來。
4. 為什麼叫「豆芽菜」？　→ 因為有一次看了日本《火焰大挑戰》中，用「豆芽菜」過一個月的比賽，覺得很有趣，也希望自己能像那樣刻苦耐勞，隨處生長。
5. 外地人怎麼可以有地，地從哪裡來？　→ 地是蘭嶼男朋友的。
6. 水電呢？　→ 男朋友接的。
7. 妳是嫁過來這裡的嗎？　→ 可不可以不要再問了，想到我媽就頭痛。
8. 為什麼來這邊開店？　→ 這裡最原始。
9. 這房子妳蓋的嗎？　→ 朋友幫忙蓋的。
10. 妳的貨怎麼來？　→ 從台東運來。

「快！換你們說，說說你們的故事！」小豆子的反擊可快了。

現在只剩夜浪拍岸，因為連我都不知道該怎麼樣代表兩個人回答小豆子的問題。

「海…台…客～～，你不要用你的大腦跟我講話，我聽不到！」

其實，我知道這個「台妹」心裡想什麼，她知道，只有我們會好奇，她的夢想是什麼。
因為她也好奇我們的！
「你們明天早上來吃早餐吧！好嗎？」小豆子提出了早晨的邀請。
「好啊！」這是君豪第一次正面回應她的話。

236

姆里塔問：「要不要去海邊看銀河？」

「姆里塔你別騙了，看星星就看星星嘛！幹麼説成銀河，
難道真的跟日本卡通《銀河鐵道999》一樣，
有一條帶狀的河嗎？」

我們的「直線加速之王」跟在姆里塔的「小綿羊」後面。
我們剛到森林裡，已經見識到姆里塔居然可以跟森林裡的角鴞對話〈註一〉，現在他居然説
要帶我們去看銀河！
天空滿是星光，我跟君豪幾乎是抬頭在騎車。整個夜裡就是我們這兩台摩托車的引擎聲嘟
嘟響著。喔，不對！還有一個喘息聲一直跟著我們，姆里塔家的「小色狼」。

「小色狼」已經跟了我們一整晚，牠走起路來，腳趾甲在地上摩擦發出的聲音，跟台客拖
鞋發出的聲音一樣大。

「老天！姆里塔沒騙人，天空真的有一條帶狀星河！」

我們讓車熄火，手電筒也關掉，然後，三個男人一條狗，躺下！

你第一次看星星是什麼時候？跟誰？有許願嗎？
面對美景，心中有很多感慨會跑出來，現場是安靜的，但身體裡很多聲音。

我跟從前一樣，依然分辨不出星座，我想，如果真的跟姆里塔一樣，從小在
夏天的夜晚就睡在屋頂上看銀河，從小就在深海的天空浮潛，長大會不會就
厭倦於追逐浪漫，就一直留在那個人的身邊，改掉那個人説我老是定不下來
的個性。

但我想我真的不是貪浪漫，不是貪玩，只是怕我們之間提前冷了，提早結束了。我做不到林覺民〈與妻訣別書〉中說的，要死也要比你晚一點死，要為你繼續活著。

其實是我怕你會提早不在了！

後來，姆里塔要我們用角鴞的眼力看海。
「你們現在應該看到了吧！」
「看到什麼？」君豪摸著「小色狼」的下巴問著。
「海的星星啊？」

天啊！海面的浪花上，真有一閃一閃的光芒！
姆里塔說，海裡是有星星的，只要你的眼睛能習慣黑暗，海裡那些微弱的帶磷的生物就變成星光了！我的瞳孔接受它的光芒，而且非常璀璨！
有一天，會有人看到我黑暗的海星星嗎？

註一：

蘭嶼角鴞發現的過程：1938年由日本鳥類學家黑田長禮發現，認為是歐亞角鴞的亞種，直到1978年經美國馬歇爾博士確認為新品種，我們稱牠 —— 蘭嶼角鴞。

蘭嶼角鴞屬於留鳥，不會隨著環境的變遷而改變棲息地，只有在蘭嶼島上才能見到蹤跡。但因蘭嶼島上原始生態環境的急劇變化，使得角鴞的生存也受到極大威脅，據統計，目前蘭嶼只剩下不到1000隻。因蘭嶼角鴞平均繁殖率與存活率很低，每次約孵2～3個蛋，能全數長大成鳥更是少之又少，蘭嶼角鴞需要大家的關心與愛護，讓牠能自由自在翱翔於蘭嶼夜晚的天空。

姆里塔因為能發出跟角鴞一模一樣的叫聲，所以可以吸引角鴞回應，甚至飛過來探望我們。

「飛機飛了！現在剩95架！」

君豪剛在陽台上又抓了一架飛機，這表示從現在開始都是好天氣。
昨晚，安排好下面的行程後，大家總算放心睡了一個好覺。
未來的行程將非常特別：

1. 早上先去「豆芽菜」店裡吃早餐。

2. 看看今天能不能跟姆里塔環島。

3. 等待可以出海捕飛魚的船。

4. 去拍攝青青草原裡滿山遍野的野百合。

5. 女人魚要教我至少三樣菜。

6. 去傳說中的高山海洋 —— 天池。

3分鐘後，我們殺到「豆芽菜」，拿出各自的筆記型電腦，整理之前的所有資料。

「台妹」小豆子一頭亂髮，得意地傻笑迎接我們。我終於瞭解一件事，就是「台客」跟「台妹」為什麼笑起來都很傻，因為他們平常都太愛裝酷了，但心裡不見得如此冰冷，所以，因為沒常常「笑」，一旦真的高興起來，這笑就會特別傻。

黑咖啡早就在熄火前聞到了，馬上送到眼前的，是一碗透明的燕麥粥。

「天啊！」君豪大喊一聲。

「怎麼啦？海台客！」小豆子馬上放下鍋鏟跑到君豪面前。

「你這燕麥粥裡有新鮮蘋果耶！」

「吼～～！**海台客**，你很土耶！」我其實知道我很快就會開始懷念這頓早餐，因為好久都沒有一早起來就有人跟你拌嘴，我開心地大笑。

「**海狗**，你來陪我煎蛋啦！」我真的變成海狗了！我翻進她的吧枱。並且發現她把饅頭也煎成了金黃色，灑上白鹽，現在只剩荷包蛋。君豪變成攝影師，害我一緊張，沒一個蛋煎得漂亮。

接下來，小豆子不知道哪來的開心，居然拿出了一張她在新竹健身房的會員卡，會員卡上的照片，真讓我跟君豪完完全全醒過來。

那是一張光頭女子的照片，中文名字叫做郭佳玲。

這是六年前她第一次來蘭嶼的樣子。

「那年，我跟我最好的一位女朋友一起來，飛魚在那時多到站在這邊就可以看到牠們滑翔的樣子。後來，我們每年都來。」

「然後呢？」

「然後到去年，她開心嫁給蘭嶼人，我也跟著留下來，離開竹科，把這個房子蓋起來。我昨天還爬到屋頂耶，你知道我幹什麼嗎？**我畫了很多雲在上面！**」

小豆子的狗，滑步走過來靠在旁邊，懶洋洋地躺下來。

我突然覺得早餐裡的蘋果可能有一種「迷藥」，讓人吃了有點飄飄然的幻覺，要不就是小豆子這種「給你吃到飽，無限量供應」的早餐，讓人吃飽了想睡。
「我從小就希望，有一天能在海邊起床，然後在海邊吃一頓早餐。能夠在海邊吃早餐，就是一件很幸福的事，對嗎？」

接下來，我們三個人都陷入沉默。

Part 5
蘭嶼

5-7

「蘭嶼全島有850種植物，平均每平方公里就有18.6種，台灣每平方公里只有0.1種！」

姆里塔這麼一說，真的讓我跟君豪大開眼界。

我們把車停在姆里塔的這片「神秘沙灘」。

他說，這片白沙灘因為完全被很像「鳳梨」的林投樹遮蔽，所以，在他小時候，都會跑來這邊……

「偷偷的喔！」姆里塔連講這句話都非常偷偷摸摸。

「為什麼要偷偷的喔！」君豪的台客口音已經被「原住民口音」同化，從原本的「ㄟ來ㄟ」去，變成更多的「啊～喔～的啦～」。

「啊因為以前在我小的時候，我們蘭嶼有很多外國美女來度假。她們都會在這邊脫光光曬身體，啊我們就會給它來這邊偷偷地看！啊一不小心，就會被這些林投樹的葉子刺到！」林投樹的葉子大而帶刺，聽說林投樹防風，果實也甜，姆里塔馬上從這個「鳳梨」拔出一顆像**牙齒一樣造型**的「**林投果**」。

「吸這個真解渴！」我跟姆里塔越吸越開心。

每一顆「林投」，都幾乎有數十個可以吸食的「林投果」，味道有些果橙的甜。果實若拿回家蒸煮，熬成泥後，還可以跟排骨燉成一道菜。這排骨因為加了林投果，據說對糖尿病跟高血壓患者，有食療功能。

就在此時，姆里塔拿出兩條帶子。

「你看看，我覺得這條大小應該適合你！」

「天啊！姆里塔，你找到了！」

「啊本來就有啊！但我要看人家答不答應借，才能說啊！對不對！」

君豪頻頻點頭！

丁字褲已經出現了，白色手織的藍色條紋，立體且布料舒適。三分鐘不到，由我把關，在多刺的林投樹後，兩名壯丁袒裎相見，完成了君豪的「**丁字褲夢想**」。

君豪跟姆里塔在這白沙灘上挖了一個大洞,把我放進去,讓我躺在這大洞裡拍下君豪飛躍的畫面。

「你真的是我出生到現在看過穿丁字褲
最好看的男人喔！」

我想能夠得到姆里塔的讚美，應該是有絕對的公信力。

現在兩個穿上蘭嶼傳統服飾的男人，有了更興奮的願望。

「我可不可以有個想法！」姆里塔說話了。

「你的這台摩托車，可以說是**蘭嶼有歷史以來第一部重型摩托車**。我們兩個，若是能穿著傳統丁字褲，一起咧，騎這台摩托車，拍照片，一定很有意義。不知道，可不可以？」

「好！」君豪的這聲「好」，真是有力。

「姆里塔，我車子讓你騎。」

「不是啦！我腿沒你的長。我們一起！嗯？」

我真的會被姆里塔的認真及踏實弄到想笑，但這個笑完全沒有嘲笑的意味，是種特別的開心，特別的微笑。

這就是「女人魚」的微笑。最原始的幸福微笑。

後面的巨石有兩個名字，一個叫做「玉女岩」。但很多人喜歡用另一個名字，因為較有教育意義，叫做「孩子勸父母不要吵架岩」。這個巨石，中間其實是一個小孩，在勸生氣的父親，不要對母親大吼大叫，並用自己的身體抵抗父親想對母親動粗的樣子。

Part 5
蘭嶼
5-9

「我回去拿魚槍！」

夢想若實現了第一個，就會有第二個。現在君豪想跟姆里塔學用傳統魚槍到深海潛水獵魚，並且穿丁字褲。

姆里塔馬上飆回他的潛水儲藏室，把我們三人的行頭跟傳統魚槍帶來。

但他再出現時，卻面有難色。

「怎麼了？」這一問，姆里塔的臉更加難看了。

「我忘了，現在族裡獵魚的時間還沒到，因為月亮在這個月到現在還沒消失不見，要是被人發現我們來獵魚，是會犯禁忌的。」

「但你手上的這個是什麼？」

「魚槍啊！」

「你還是把它帶出來喔？」

「我是想我們或許可以喔，可以不要真的獵，但是，可以教你們，也可以，讓你們拍到照片。」

「姆－里－塔！」我跟君豪興奮得幾乎要抱住他。

「因為我答應了你們了！下次我會先想一想，免得對大家都不好。對不對？」

我們迅速且偷偷摸摸換上潛水裝備，但現在問題來了。

「姆里塔，我等一下下去要怎麼呼吸？」這下尷尬了，我根本沒有潛水執照，所以不能用氧氣瓶，現在得用憋氣的方式下水拍照，這下我可開始緊張了。

我看著大家失望的表情，決心還是小試一下。當我吸第一口氣下海一探，立刻被震懾了。
「大海龜！我看到大海龜！」君豪一聽，也立刻潛下水去，我倆都沒想到，居然只是換一個平面，立刻像是在海的天空看著海裡的大地。
而且，不只是大海龜，一座座海的山，山裡的洞，都讓人吃驚……

「給我個機會，我想我可以拍得不錯，只要你們離我的相機遠一點，就算我在高處拍你們，也是很震撼的！」講完這句話，我已經喝進三口海水。
他們聽了我的話，開始潛水。
姆里塔跟君豪就像水裡的魚一樣自在，我看著他們，告訴自己絕對不能放棄，我嘗試憋氣向下游，越往下，大家也跟著拚命往下，我們三個人雖在三條對角線上，但試圖讓彼此的呼吸頻率一致，這樣，誰都可以保護對方，我們都想為彼此留下最深刻的影像。

「拍背。對！然後，再多掏一點！」

將近20分鐘後，我自己先上了岸，因為吐了，我喝了太多的海水而不自知。

「其實不鹹耶！」我邊吐邊說。

「吼！夠了！快，別安慰我們了！」君豪說我永遠都會裝成一副若無其事的樣子，就是喜歡「hold」住場面。

他跟姆里塔說，他最記得我以前開玩笑跟他說過的一句話。

「他以前跟我說，有三種麵最難吃，你知道是哪三種嗎？」

「不是我老婆的地瓜麵吧？」

「不是啦！」我差點又吐了一口。

「是 —— 人面、情面、場面！他說他們那個圈子，誰把這三種面吃得好，誰就紅得快，待得久。」君豪一說完，我確定我是真的吐乾淨了。

「來！我們再拍一些岸上照片！」我又拿起相機，但這回大家勸我先忍一下。

海風溫和地逼著我們三人躺下。

「獵魚的技巧是什麼？」君豪問姆里塔。

「看牠們的表情！」

「魚有表情嗎？」

「有 —— 你仔細從牠們游的姿勢就可以看出來，越是驚慌的，越是要照著牠的動作採迂迴方式來跟蹤牠，太直接，是不行的咧！」

「好像在追女生喔！」

「沒有，人心哪有魚那麼好猜咧！」

說著我們三人都笑了！

在旅途中，很多剛認識我跟君豪的人，都喜歡問我們結婚了沒？

為了不讓別人誤以為我們是一對戀人，我們都會有默契地說：「還沒，但他已經有個女朋友了！」

其實我們目前根本什麼人都沒有！

而這當中又屬蘭嶼人問得最多，一直到現在，我才知道為什麼蘭嶼人這麼在乎男人結婚了沒有。

因為，很多蘭嶼男生，多會在結婚的當頭，遭到失敗打擊。

蘭嶼的男人完全能給人愛情的快樂、自由，遼闊的胸膛、渾身的力量以及背山面海、滿天銀河養育出來的浪漫。

但在都市裡，這些變得都不管用了！

而一旦一個蘭嶼男孩，愛過一次，不能再愛上另一人時，或是他堅信，之前一個願意愛他的遊客，會因為愛情一定還會再回來找他時，這種「愛情」就會害他一輩子。

蘭嶼的浪漫把這裡的男孩教得掏心掏肺，實在有點危險。

「我老婆也是我觀察很久的喔！」姆里塔閉著眼睛帶著微笑說。

「怎麼說？關鍵是什麼？」羊群似乎接近我們了，遠處的羊咩咩聲迎風而來。

「她不放棄！她一直都很知道自己要的是什麼！」

「那她家人都支持嗎？」

「我是不曉得是不是一開始就支持啦，但是，我的岳父對我有一點，他是很值得驕傲的！他覺得，我**唱歌**很好聽，很喜歡聽我唱歌，所以我們一回台南，她們那邊有什麼親戚、朋友啊，有什麼婚禮辦桌啊，都會帶我去那邊唱歌！」

「那你都唱什麼歌咧？」

癡情乎人心痛！

我跟君豪聽到簡直噴飯。姆里塔居然在人家的婚禮上唱蔡小虎
的〈癡情乎人心痛〉。
「人家婚禮開開心心的，你給人家鬧場喔！」
「不會啦！大家都很喜歡……而且，我唱得很感動，有時那個
淚，還會給它在眼睛裡閃喔！大家聽得如癡如醉！」
我們三個人都開心地笑了。

我問君豪喜歡哪些歌，他們也問我喜歡什麼，結果，我們三人都是苦情歌的愛好者。
我們許下心願，有一天要一起開個台客苦情演唱會，把情歌唱到爽。
「可不可以不要！」君豪突然又反悔了！
「怎麼了咧？」姆里塔問。
「我幫你們打鼓，因為這樣我就有理由去學鼓。我真的很想打鼓，我幫你們打鼓好了！」
「那我要挑更high的來唱！」姆里塔語氣飛揚起來。我聽見海岸邊的山羊，也咩咩回應了
一聲。

姆里塔歌單如下：

1. 癡情乎人心痛 —— 蔡小虎　　天註定這條路雖然歹行　也想要改變運命妳甘會知影癡情乎人心疼

2. 心愛的別哭 —— 陳雷　　啊心愛的雨哭　請你將我放袂記　啊你無欠我　我無欠你

3. 相思雨 —— 洪榮宏　　雨水落未離阮只有點著茶　一支又一支　一暝相思雨
　　　　　　　　　　　　無奈的思慕　誰知愛情會由甜變作苦

4. 我需要安慰 —— 洪榮宏　　我為誰在流浪　為誰離開我的家鄉　含著眼淚　嘗盡風霜
　　　　　　　　　　　　　　只有你明白姑娘　用什麼能治痛苦　用什麼能醫創傷　滿懷的辛酸
　　　　　　　　　　　　　　我又能夠向誰講啊　你就是我的希望

5. 阿宏的心聲 —— 洪榮宏　　陣陣小雨陣陣落渥甲身軀淡糊糊看故鄉的一片山埔
　　　　　　　　　　　　　　也是要落雨道款的悽慘日子叫伊怎樣度返去故鄉

6. 挽仙桃 —— 洪榮宏　　啊——水漾溪流不回熟悉是親像雲過月敢也有相逢的機會啊

7. 春夏秋冬 —— 洪榮宏　　春夏秋冬一天過一天對你的思念為何離袂開阮的夢

8. 欲走還留 —— 鄭進一　　別用那種眼光看我 我並不是

9. 街燈下 —— 劉家昌　　　　今夜　街燈如昨　燈下　一片荒漠　昨天　隨風吹過　留下了今天的我

10. 情人的黃襯衫 —— 尢雅　　我的他穿著一件黃顏色的襯衫　黃襯衫在他身上　更顯得美麗大方

導演歌單

1. 安靜 —— 周杰倫　　　　　　　為什麼我連分開都要遷就著你，我真的沒有天分
2. 原來你什麼都不想要 —— 張惠妹　我只有不停的要，要到你想逃
3. 一定要幸福 —— 陳小春　　　　人生能有幾次的可惜，我想我的眼睛已洩了底
4. 簡單的歌 —— 王力宏　　　　　就像我，那麼的平凡卻又深刻
5. 袖手旁觀 —— 齊秦　　　　　　我拿什麼條件袖手旁觀，除非妳說，一開始妳就不曾愛過對方
6. 關於離別 —— 郭子　　　　　　是不是時候到了，愛情就不該留戀
7. 愛如潮水 —— 張信哲　　　　　我再也不願見你在深夜裡買醉，不願別的男人見識你的嫵媚
8. 陰天 —— 莫文蔚　　　　　　　傻傻兩個人，笑得多甜
9. 我是一隻小小鳥 —— 趙傳　　　我尋尋覓覓一個溫暖的懷抱，這樣的要求算不算大高
10. 愛與愁 —— 伍思凱　　　　　　我被記憶推著走，只能旁觀不能插手

台客歌單

1. 忘情水 —— 劉德華　　　　　　　我愛得無悔無怨　給得心甘情願　只求你真心了解
2. 最熟悉的陌生人 —— 蕭亞軒　　　我們是世界上最熟悉的陌生人　今後各自由折　各自離開
3. 癡心絕對 —— 李聖傑　　　　　　為妳付出那種癡心妳永遠不了解　我又何苦勉強自己愛上
　　　　　　　　　　　　　　　　　妳的一切　妳又狠狠逼退我的防備　靜靜關上門來默數
　　　　　　　　　　　　　　　　　我的淚
4. 港邊怎會是男性傷心的所在 —— 羅時豐　不應該　為妳滴下男性的眼淚　不應該　不應該
　　　　　　　　　　　　　　　　　為妳失去男性的氣概　啊～

安可曲：小城之春 —— 吳軍

Part 5
蘭嶼

5-12

「小城之春是誰的歌？」姆里塔問到重點了。

「導演的啊！導演寫的喔！」君豪得意地說，但我真沒想到他居然擁有過這首歌！

「三角戀情的歌喔！」君豪揶揄地笑著。

「ㄟ，你們條件那麼好，怎麼會做第三者咧？」

「沒啦！都幾歲了，現在遇到好的不錯的，當然都已經有人了，要不然就很小，價值觀不一樣。過了35歲，再談戀愛，很容易都是第三者囉！」

小城之春　主唱：吳軍　曲：周初晨　詞：李鼎

（收錄於電影《小城之春》電影原聲帶）

你來的那天哭著雙眼　忌妒驅使你痛苦無邊

愛怎麼能有三人世界　越爭越覺自己可憐

誰想過愛是靠什麼在支撐的啊　誰想包容是愧對自己的良心啊

若折磨彼此是愛的代價

若不合　從此就不見嗎

告訴我愛能愛多遠　永恆怕寂寞陪　天曉得認定表示準確

放手了　不見得會瀟灑了

成熟了　不代表內斂了

告訴我愛能愛多遠　忌妒跟愛相隨　說穿了　是不甘心罷了

天長地久是給初戀人相信的

小城　你哭的那一天

告訴你愛通常不遠　其實在你身邊

就像我這幾年在春天

等候著你　算緣起緣滅的那天

期待小城也有春天

Part 5
蘭嶼

5-13

「你沒喝飛魚湯當然會吐!」

女人魚說蘭嶼人有個秘方,就是用椰子殼去舀海水,用舀來的海水三分之一的比例來煮湯,不用再放鹽巴。當你熟悉了海的味道,你對海的掌握將又多了更多。

我為了我的飛魚湯,走到海邊,我背誦女人魚抄給我跟老天祈禱的話:

留到明天使用的海水進入我家,但願我們全家人有好運,
身體的皮膚像黃金般光滑,在世長壽!

「出海的人回來說，到現在都還沒有飛魚出現！」

女人魚一說完，姆里塔就抱怨說，自從飛魚的事讓很多人知道後，許多外來的漁民就用機動船大量在蘭嶼外海捕飛魚。大量捕撈的結果，現在當然會把飛魚的季節弄亂。

蘭嶼人從不在飛魚季捕完所有的飛魚，讓一些飛魚離開，是為了牠們會再回來。

蘭嶼人相信，並遵守這樣的法則。

「就算有，也可能要等很晚！」女人魚說。

「但是晚上在海上拍照，我真的沒有太大的把握！」我說。

3分鐘後，連小豆子都打電話給我，說打聽到出海漁船的電話，我打去後，對方也說沒把握。

我跟君豪殺到一個椰油村的港口，剛出海回來的漁民果然沒有半條飛魚。

君豪説:「飛魚的眼睛真美,跟
漫畫一樣,水汪汪地看著你!好
像有什麼心事。」

Part 5
蘭嶼

5-15

「快!快起來!有飛魚了!」

早上5:35,我們就在陽台上,透過望遠鏡,看到了海面上滑翔的飛魚。
「太好了!這樣等下就可以買到飛魚了!」女人魚開心地説著。
姆里塔跟女人魚開心地下樓,我想,旅程應該也就快要結束了。

炸飛魚

材料：
曬乾的飛魚　1 條
四季豆　　　半兩

調味料：
油　　　　　3 杯
起司脆酥粉　1 杯
九層塔　　　少許
山葵椒鹽粉　少許

做法：
1. 先將起司脆酥粉與1/2水與九層塔扮成糊狀。
2. 將曬乾的飛魚切塊。
3. 油燒熱，轉中火，將飛魚塊沾上糊狀的起司粉，下鍋煎至金黃色起鍋。
4. 將四季豆川燙，起鍋。當成盤中的底菜。
5. 將山葵椒鹽粉灑在煎好的飛魚塊上，即可食用。

飛魚湯

材料：
飛魚　　2 條

調味料：
油　　　3 大匙
麻油　　少許
海水　　1/3比例
薑切片　少許
米酒

做法：
1. 飛魚洗淨待用。
2. 油鍋熱，將飛魚與薑片一同下鍋，倒入米酒，以中火快煮。
3. 將海水倒入鍋中，悶煮入味。
4. 再加入清水，小火悶煮。當魚湯入味時，滴入麻油些許起鍋。

「乖！寶貝！你待在這兒，
我們現在真的要去你到不了的地方了！」

君豪蹲在「直線加速之王」面前，說了這句裝可愛的話。

「小色狼」眼巴巴望著君豪，我想，這狗一定是在想為什麼這台摩托車可以跟牠一樣，留在家裡不出門。

我看著「**直線加速之王**」，不知道為什麼，這台車跟了我們已經一百多天，我從富岡上船的那刻，才發現它是有表情的，有點不知道哪來的靈性。

當我把相機放好，想拍下一張離開它上山的照片，但車頭怎麼放，就是一直看著我們。這是在泥土上非常不穩的停車方式，兩百多公斤的重量，隨時會吃入泥土而跌倒，但這次卻完全不會。

或許，我們現在要去的目的地——「天池」，真的跟傳說中說的一樣，有一些魂魄在。

「就我們的說法咧，是說這裡是鬼魂出沒的地方！」姆里塔說完，君豪想立刻爬上去的慾望越來越強烈。

「換雨鞋真好！」

姆里塔在出發前已經要我跟君豪把帶來的夾腳拖鞋都換掉。

「因為到現在我們族人還是堅持不要鋪任何水泥路上去！」姆里塔說的道理很簡單，因為人一多，想喝天池的水，或是想摘山上蘭花的人，就會越來越多。

聽說一趟「天池」的來回路程，至少要兩小時。
「放心啦！上次我還帶了一團阿公阿媽咧！而且我們換雨鞋咧！」姆里塔邊說，「小色狼」
已經從前面森林又探路回來，微笑地喘氣聽著我們聊天。

「來，讓我幫你做一個墊肩！」姆里塔立刻在旁邊拔下了一片寬約5cm的葉子，用最快的
方式，做成了一個柔軟無比的墊肩放在君豪為我扛的攝影器材上。而下一步又從樹上砍了
一小段嫩枝給我。
「你用這個擦你身上被蚊子叮咬的包，快！」這嫩枝果然有一種清涼的汁液流出來，「小
色狼」過來一聞，立刻打了一個噴嚏。

這森林變成了姆里塔的魔術箱，每一個不經意的東西，都讓台下的觀眾看到奇蹟。

我們走的路已經不只是靠腳，
還要靠身體。

「我們從小就跟著爸爸上來，族裡的人到山上來，找尋可以做獨木舟的樹。當你看到這棵樹適合做船時，就在上面**畫一個記號**，記號一旦畫下去，這棵樹將由你來養。」
「姆里塔，你找到你的樹了嗎？」君豪問著。
姆里塔拿著他的鐮刀往天空的方向抬起，鐮刀撩開了遮蔽的天空，看到樹的頂端。
姆里塔好像在撩開天空的那刻，小聲說了一句：「還沒耶！」但或許是被我的話打斷，因為鐮刀舉起的那刻，我突然看見了一片海洋。
「哇！已經這麼高了！」我們真的已經爬到一個可以看到海洋的高度，但姆里塔卻回答說連一半都還沒到。
「我今年冬天要學會怎麼做一艘獨木舟！對蘭嶼人來說，一個男人有沒有財富，就看他有沒有一艘自己做的獨木舟可以游到大海去。」

我跟君豪這一刻都沒有多話，因為我跟他這一輩子，是完全不可能會有「做」一艘獨木舟的能力，那我們的「財富」又是用什麼來證明，我們是不是個「男人」呢？

還是說，其實，該問的是我們的那片「海洋」在哪裡？

這條路是「小色狼」最喜歡走的一條路,因為所有的草叢濕軟,又跟牠的臉一樣高,可以幫牠邊走邊按摩。更好的是,每個跟「小色狼」一起爬山的人,都會在這刻,拉著牠的身體,看著大海。因為這裡是山的稜線。

「小色狼！小色狼！」

小色狼消失在我們的視線已有 10 分鐘了，如果牠幫我們開路，等牠回報的時間也太久了。

「會不會被蛇咬到了？」姆里塔自言自語。

「小色狼是怎麼來的啊？」君豪想分散姆里塔的擔心。

「牠媽媽把牠拎來的！」

「啊？真的哦！」

「其牠的小狗，都被車輾死了，小色狼是最後一隻小狗，牠媽媽沒什麼奶可餵了，就把牠咬到我院子的車底下！有一天我差點把牠壓到，我心想，也是該有條狗了！吼！那時候不養還好，一養還一堆女生愛牠愛得要死，牠一看見女生，就馬上窩在人家胸口。」

「所以叫小色狼？」

「牠做了你最想做又不敢做的事，所以你嫉妒牠！」我這樣虧著姆里塔。

「也對啦！我老婆說我有色無膽。」

話說到現在，小色狼還是沒回來。

「不該讓牠來的！因為今年我們是第一次走天池！」姆里塔說完又喊了兩聲！

我們也跟著喊！

果然，三個人的聲音刺激了後方的樹叢，小色狼居然從後面跑回來了，嘴巴還咬著一個綠色的「寶特瓶」牠在幫姆里塔撿垃圾，因為姆里塔每次上山都會帶垃圾袋，撿山上遊客遺留下來的垃圾。

「小色狼，你怎麼那麼棒！」小色狼一聽到讚美，馬上就撲向我來，我想牠應該不是「色」，牠應該是喜歡被肯定。

我們很快跨越一條山溝，以及無數個枯木。
我們發現了碩大的山蘇，姆里塔割下好幾片，當做今天的下酒菜。
我沿路直誇小色狼跑得快，我們的腳步也跟著快起來。

就在12:11，終於到達「天池 —— 高山之海」。

Part 5
蘭嶼

5-18

「跟照片上看到的不太一樣！」

我還是說出這句話。
但心裡其實非常興奮。
雖然這座高山之海的水變少了，但卻浮出了連姆里塔也從未看過的海底枯木。那些枯木一個個像朝天伸出手的人型，姿態張力有如緩慢的舞者，即便靜止，都有呼吸。
小色狼望著池水，太陽已經燒得我們四個都發熱了。
不知是誰開始，我們把衣服脫了，慢慢走向池水。池水透涼卻不冰冷，接下來，我們整個身體都泡進池裡呼吸。

老天給了我們一個特別的「天池」，我架起相機，用每10秒一次的拍攝，玩起像「一二三木頭人」的遊戲。

最棒的是小色狼，永遠知道要跟著攝影師一起跑回水中合照。姆里塔看著他的狗兒子也非常驕傲，因為牠真是一條又聰明又勇敢的狗。

我拍到了一個從未有過的「天池」。

**Part 5
蘭嶼**

5-19

「確定了嗎？」
「確定了，硬碟掛了！」

硬碟確定完全不能轉動的那刻是傍晚5:40。

太陽下山的速度越來越快，我想表現我的鎮定，壓抑著無助，好讓所有人都能安心，至少還保持早上在「天池」的開心心情過一整天。

但我真的不行了！

這半年來所有旅程中的照片跟文章可能都沒了！

我「砰」的一聲，倒在和室的木板床上。

「還好嗎？」君豪從陽台衝進來問我，一臉驚嚇。

我微笑地說：「讓我，嗯，讓我睡一下好了！就10分鐘。10分鐘後，你把我叫醒。好嗎！我等下就起來，跟女人魚炒山蘇，好嗎？」

「放心！可能只是硬碟的電源器燒壞了！」

「我睡一下，我想……」

我馬上沉沉睡去。

醒來是晚上7:00。

沒有人叫我，我有點失落，我下樓，姆里塔很自責地說，或許我們真的得罪了老天，犯了禁忌！

我不敢說不是！否定表示不了什麼！

現在我們需要的是恢復力及辦法！

晚上11:00，我發了簡訊給出版社，我想，誠實是上策。

11:30，我心裡有立刻回台灣的想法，想找人趕快搶救這塊移動硬碟。

11:32，我收到一封簡訊，居然是君豪發來的，我這才發現，他不在我身邊。

Buddy！別擔心，你是我心目中，一直很能給我安全感的朋友！我們可能真的遇到了一個很大的麻煩，但我相信，這趟旅程對我們來說，已經完成很多夢想了！

286

不要忘了我們還要開一個演唱會啊！
你一直都說我是「台客」，一開始我並不太能接受這個稱號，但是我發現你
心目中的台客，一直就是一種「感動」，就是不能沒有夢想、信心、責任，
還有愛。
你其實都有了。我想我也學會「台客」的意義，也發現到自己是可以有的。
明天把菜做出來，還有，我們去氣象台拍一些跟姆里塔的合照，還有我們或
許可以拍到小豆子的屋頂，幫她看一下她畫的雲是不是真的很爛。

5-20

這趟旅程中，包含現在，你有三次人間蒸發，第一次去拍神木，那之後兩次呢？
我立刻回了一個簡訊。

之後兩次？我現在跟小色狼一起，前一次是哪次？

我再回簡訊。　太魯閣！你絕對不是去加油。

導演，你說對了！我是先去找那家金針湯的店了！
你比我想像的堅強，其實你最「台」

最後一頓飯,我們多了兩道菜,一個是地瓜燒豬肉,一個是小魚乾炒山蘇。

其實小豆子屋頂的雲畫得挺不賴，只是那天開始，她突然也消失了！

我們在蘭嶼的「天堂」拍下我們3人的合照，當天飛機連一個候補的位子都沒排到，
君豪用他的手接住5架飛機，他說還剩90架，願望就會實現了。

「補上了，補上了！快！」

2005年4月6日中午，我終於補上了只有10排座位的小飛機。
那天「小色狼」也來送行了，到機場時，牠家教嚴到只敢停在門口。我把擁
抱給了牠，其他人我真的不好意思，也怕自己會哭。

螺旋槳迅速地帶我起飛，望著窗外的天空，突然那種因為分不清
時空而產生的漂浮感又冒了出來。

我又問自己，若今生僅此而已，一生中最難忘的旅行會是哪裡？為何記得它？

我心裡浮現了幾個單字，那是這本書最早想到的英文書名——
Anywhere、Somewhere、Nowhere。

你是否會覺得這世界是個anywhere，然後你到了somewhere，又發現自己身在nowhere。然後你又會在nowhere找到了anywhere，又去了somewhere。

總會找到一個出口，有了出口，每一個入口就顯得安全。

你會發現，天涯海角，你永遠追尋的還是一種感動，這感動就真的來自於——夢想、信心、責任還有愛！

山之美之台客搜尋

● 駕駛導航

開車者，無論是南下或北上，建議行駛中二高，於中埔交流道下，接台18線（又稱阿里山公路）即可直上阿里山，而騎機車者，則非常建議經過嘉義市，一則可避免迷路，二則可順道欣賞嘉義市的風光。路程一路東行，在阿里山公路38公里即可看到「山之美餐廳」，門前有個偌大的烤肉架，即為「山之美香腸」。

● 路況分析

阿里山公路（台18線），沿途路況良好，風景優美，無論騎車或開車均非常適合。
在阿里山遊樂區前，沿途只有一個加油站，且營業時間是AM08:00～PM17:00，所以上山前務必加滿油，沿途也可收聽警廣FM93.1，以瞭解最新路況；查詢氣象可撥166,167或中央氣象局網站 http://www.cwb.gov.tw。

● 特殊裝備

1. 最新地圖（三個月以內）
2. 指北針（若找不到道路時，先以方向判別）
3. 雨具、雨衣（騎車旅遊標準配備）
4. 車輛維修工具
5. 霧燈（進入山區路段即可開燈行駛，起霧時，霧燈黃光的穿透性會比白光更好，因光線的折射，切忌開遠燈，反而更不清楚）
6. 保暖衣及防風夾克

● 定點資訊

山之美香腸
嘉義縣阿里山鄉山美村106號（阿里山公路38K）
負責人：溫英輝
TEL：05-2586640
手機：0910-897013
服務項目：導覽解說、原住民美食、茗茶。

阿里山賓館
嘉義縣阿里山鄉香林村16號
TEL：05-2679811-6（六線）
FAX：05-2679596
服務項目：住宿均附中式早餐、防寒夾克出租、觀日出及阿里山導遊資訊。
房間數不多，上山前一個月請先預約，旺季可提前三個月。
http://www.alishanhouse.com.tw

阿里山明山特產行
嘉義縣阿里山鄉香林村99-1號
負責人：莊麗琴
TEL：（店）05-2679263 （住）05-2679845
手機：0912-149051
服務項目：批發零售山葵、櫻花蜜、愛玉子、高山茶、明日葉茶、石蓮花粉、小米麻糬、藝品。

眞和園之台客搜尋

● 駕駛導航

台灣的道路東西向以偶數做標記，南北向以奇數做認定，而要從阿里山前往南投的直接道路，就是台21線（新中橫路段），過塔塔加之後，道路由橫向一改為縱向，海拔更是扶搖直上2000公尺以上，氣溫亦相對降低許多，需特別留意。沿途會經過一段較彎曲的道路，坡度漸緩下降數十公里，在「同富」右轉縣60號公路直行，即可看到東埔溫泉「真和園」。
繼續往北直行，在台21線98公里處，「信義鄉農會」亮眼的建築即映入眼簾。

● 路況分析

由阿里山森林遊樂區至塔塔加的路段，路寬較窄，又因常有霧水，路面較易濕滑，駕駛需特別小心。而台21線塔塔加之後路段，蜿蜒崎嶇，除了欣賞美景之外，亦需特別注意路況。因逢遭三次颱風重創，有些路段幾乎已毀，只剩碎石路，更需特別小心。
由於山路多半沒有設置紅綠燈，避免動物、小孩及老人的衝出，經過民舍請放慢速度。

● 裝備

為避免山路打滑，應提高輪胎和地面的摩擦力，而低溫及潮濕都會降低摩擦力，所以剛開車時，不應求快，待輪胎熱後才較安全。
而二輪的機車摩擦係數更小於四輪汽車，更需特別注意。

● 定點資訊

真和園
地址：南投縣信義鄉東埔村開高巷125-2號
負責人：王真和
TEL：049-2701588，049-2701589
FAX：049-2702165

服務項目：雅致木屋、溫泉套房、山珍野味、賞楓賞梅。

信義鄉農會
地址：南投縣信義鄉明德村新開巷11號
TEL：049-2791949，049-2791959
FAX：049-2792100
信箱：hsinifa@ms33.hinet.net
服務項目：製梅DIY、梅餐食譜、梅酒梅品、旅遊索引。
http://www.hsinifa.com.tw

喜覺支之台客搜尋

● 駕駛導航

同富（舊稱和社），是通往東埔溫泉區的大門，駕駛在台21線經過同富轉入縣60號公路，就會看到古信發的「群歡早點小吃部」，店面雖不起眼，但陣陣食物香和古信發胖胖的身材，會讓人一眼就認得出。
喜覺支梅園梅宴工作室：位於通往「風櫃斗賞梅」的途中，坐臥在群梅環抱之中，前擁陳有蘭溪，隔著陳有蘭溪和信義鄉農會相望。
駕駛在台21線92公里處，會看見信義鄉分局，分局前的小路「明德街」是縣59號公路的起點，也是通往烏松崙，風櫃斗的主要道路。
前行2公里的左手邊即會看見工作室。

● 定點資訊

群歡早點小吃部
地址：南投縣信義鄉同富村同和巷79號
TEL：049-2701313，049-2702121
負責人：古信發
服務項目：中式早餐、各類麵食。

喜覺支梅園梅宴工作室
地址：南投縣信義鄉自強村陽和巷2號
TEL：049-2791115
FAX：049-2792111
負責人：蔡國義（蔡爸）0910-541115
　　　　古信維（古姊）0933-527856
http://www.049279115.travel-web.com.tw

久美教會
地址：南投縣信義鄉久美村美信巷31號
TEL：049-2831554
FAX：049-2831554

太魯閣之台客搜尋

● 駕駛導航

西台3、東台9是兩條最能一覽台灣山景風貌的公路了，不僅長度夠，平均海拔也都很高。
台3線貫穿台灣西部11個縣市，沿途可見台灣西部的山林美色、鄉鎮村落。走一趟台3線，絕對能豐富你對台灣的瞭解。而台9線正是最能一探台灣東海岸山海之美的探險之路。
台北至宜蘭間的路段稱北宜公路，而蘇澳至花蓮路段稱蘇花公路，正是台9線的絕美路段。道路依著海岸線，在山腰處一路展開，甚為壯闊，在山林間觀看這天海連線，駕駛時也格外暢快，某些路段更是像踩在斷崖之上，這絕對是一個難得的駕駛經驗。
前往天祥，則是由太魯閣國家公園管理處，轉台8線進入。沿途風景更是絕美。旅遊至此一定要細細品味這世界奇景！順著立霧溪上游駕駛，會看到一棟矗立在立霧溪旁的古典建築，那就是立霧溪畔的女皇——「天祥晶華渡假酒店」。

● 路況分析

台9線算是東岸唯一的聯外道路，駕駛於此，除了小客車之外，大卡車及小貨車都可以算是你一路行車的最佳伴侶。
一般在山區行車，即使白天也都規定要將頭燈打開，以增加行車的安全性，由於大卡車在載重狀況下，爬坡較慢，駕駛若在適當路段要超車時，可於加檔位下降一檔，再加速，此舉可增加超車時的機動性與安全性喔。之後別忘了給大卡車一個禮貌的喇叭或招手回應，通常他們也一定會用刻意壓低音量的喇叭聲回示，這是個優良的駕駛環境。

● 定點資訊

太魯閣國家公園
地址：花蓮縣秀林鄉富世村富世291號
TEL：(03)862-1100~6
FAX：(03)862-1189
http:// www.tarokonp@taroko.gov.tw

天祥晶華渡假酒店
地址：花蓮縣秀林鄉天祥路18號
訂房專線：03-8691155
FAX：03-8691160
http://www.grandformosa-taroko.com.tw

富岡漁港之台客搜尋

● 駕駛導航

台9線花蓮到台東路段，又稱花東公路，此路段由花蓮市起，延伸入山路，故若要沿海岸線繼續駕駛，則改採台11號公路（花東海岸公路）。此路段較為平坦，且少彎曲，海拔亦不高，駕駛可沿路欣賞海岸線美景，感受海風婆娑。而富岡漁港正在台11線上，距離台東縣約15分鐘的車程，是本島前往綠島的最大出口港及水路交通要道。

● 定點資訊

東方輪
負責人：田經理
TEL：089-280226
手機：0937390335
服務項目：每週一、三、五
　　　　　AM8:00　富岡 — 蘭嶼
　　　　　每週二、四、六
　　　　　PM9:00　蘭嶼 — 富岡
客貨船，單程 960 元，航行時間 3.5 小時

華信航空
TEL：02-25142077
台東機場櫃台：089-362675
每天 5 班往返，因小飛機較易受天候影響，出發前務必先電話聯繫。
飛行時間 20 分鐘，單程 1,345 元
http://mandarin-airline.com

公教會館
台東市南京路19號
TEL：089-310142
FAX：089-310689
服務項目：是因天候滯留台東最好選擇，位在市中心，價格便宜又乾淨。
http：// www.ttp-hotel.com.tw

蘭嶼之台客搜尋

● 駕駛導航

無論是水陸或航空，來到蘭嶼的第一個印象，一定是因為島上的原始而驚豔不已。島上共分：朗島村、椰油村、紅頭村、東清村、野銀村、漁人村6個部落，由一條環島公路串連而成。

駕駛至紅頭村，經過了機場和蘭恩文教基金會之後，在左手邊會看到一棟藍黃色建築，非常醒目，那就是姆里塔的家了。而小豆子的店再一路下行沿著海岸線走，當你正驚訝著眼前的一片沙灘時，白色酒吧，屋頂還有畫了白雲的小豆子的店，就到了喔！細細品味，島上可是有非常多的美麗景點喔！

● 定點資訊

蘭嶼海人姆里塔工作室
蘭嶼鄉漁人村27號
負責人：姆里塔、女人魚
TEL：089-731671
手機：0937956416
服務項目：民宿、風味餐、帶客浮潛、夜間觀察及專業生態解說、島嶼導覽。
http://mulita@mulita.com.tw

豆芽菜 ～ 小豆子的店
蘭嶼鄉漁人村56號
負責人：小豆子
手機：0910157874
服務項目：招牌早餐、各式餐點、飲料調酒、專賣沙灘、海風、夕陽。

catch 090

到不了的地方：就用食物吧！

作者：李鼎　徐君豪

責任編輯：韓秀玫

法律顧問：全理律師事務所董安丹律師

出版者：大塊文化出版股份有限公司

台北市105南京東路四段25號11樓

讀者服務專線：0800-006689

TEL：(02) 87123898

FAX：(02) 87123897

郵撥帳號：18955675

戶名：大塊文化出版股份有限公司

e-mail: locus@locuspublishing.com

www.locuspublishing.com

行政院新聞局局版北市業字第706號

總經銷：大和書報圖書股份有限公司

地址：新北市新莊區五工五路2號

TEL：(02) 8990-2588　(代表號)

FAX：(02) 2290-1658

初版一刷：2005 年 6 月

初版七刷：2014 年 5 月

定價：新台幣300元

ISBN 986-7291-30-1

Printed in Taiwan

國 家 圖 書 館 出 版 品 預 行 編 目 資 料

到不了的地方：就用食物吧！＝Anywhere
Somewhere Nowhere：Passage to Food /
李鼎，徐君豪 合著 —— 初版 ——
臺北市：大塊文化，2005〔民94〕
面： 公分 ——（catch；90）

ISBN 986-7291-30-1（平裝）

855   94006476